GOLDMANN

Von Marcia Muller
ist außerdem im Goldmann Verlag erschienen:

Frag die Karten · 4964

MARCIA

MULLER

Das Geheimnis des toten Fischers

GAMES TO KEEP THE DARK AWAY

Kriminalroman

Deutsche
Erstveröffentlichung

GOLDMANN
VERLAG

Aus dem Amerikanischen übertragen
von Friedrich A. Hofschuster

Made in Germany · 1/86 · 1. Auflage

Umschlaggestaltung: Design Team München
Umschlagillustration: Design Team München
Satz: IBV Satz- und Datentechnik GmbH, Berlin
Druck: Elsnerdruck, Berlin
Krimi 4988
Lektorat: Werner Morawetz/Annemarie Bruhns
Herstellung: Sebastian Strohmaier
ISBN 3-442-04988-1

Die Hauptpersonen

Sharon McCone	junge Frau mit einer Lizenz als Privatdetektivin
Abe Snelling	Photograph
Jane Anthony	stellungslose Sozialarbeiterin, wohnt bei Snelling
Sylvia Anthony	ihre Mutter
Liz Schaff	Janes Freundin
Don Del Boccio	ein früherer Freund Janes
Dr. Allen Keller	Mitbesitzer einer Sterbeklinik, wo Jane einmal angestellt war
John Cala	Fischer

Der Roman spielt in San Francisco
und in der weiteren Umgebung

Kapitel 1

Der Wind zerrte an meiner Jacke, als ich näher an das Geländer herantrat. Der nackte, felsenübersäte Abhang des Potrero Hill senkte sich mehr als fünfzig Meter in die Tiefe, und mein Blick fiel auf die Dächer der weiter unten stehenden Häuser. Ich drehte mich um, zog die Jacke fester um meinen Körper und ging dann die Straße entlang. Meinen Wagen hatte ich am Ende der Sackgasse abgestellt. Glassplitter und anderer Abfall knirschten unter meinen Schritten.

Bis auf zwei waren alle Häuser in diesem Block zum Abbruch bestimmt. Sie ragten stumm in die frühe Oktoberdämmerung, mit gähnenden Löchern, die früher einmal Fenster gewesen waren, und gesplitterten Rahmen, die gezackte Silhouetten gegen den dunkler werdenden Himmel zeichneten. Mich fröstelte, und das nicht nur wegen des scharfen, kalten Windes.

Haus Nummer einundzwanzig war von einem mannshohen Lattenzaun umgeben. Neben dem Tor war die Nummer in geschnitzten Ziffern angebracht. Ich gelangte durch das Tor in einen ungepflegten Vorgarten, der in wildwuchernder Vegetation erstickte. Ein Kiesweg, überhangen von dürren Palmenwedeln, führte zur Haustür. Ich blieb davor stehen und drückte auf die Klingel.

Kaum war das Läuten verstummt, wurde die Tür einen Spalt geöffnet, und ein blasses, ausdrucksloses Gesicht lugte über die Sicherheitskette hinweg. »Ja?«

»Mr. Snelling? Ich bin Sharon McCone, ich führe die Ermittlungen für die All-Souls-Rechtshilfe.« Gleichzeitig reichte ich ihm meine Geschäftskarte durch den schmalen Türspalt. Nach ein paar Sekunden ratterte die Kette, die Tür ging auf, und ich betrat eine im Dunkel liegende Diele.

Der Mann hängte rasch wieder die Sperrkette ein, dann wandte er sich mir zu und streckte mir die Hand entgegen. »Gut, daß Sie so prompt gekommen sind. Ich bin Abe Snelling.«

Ich ergriff die schmalgliedrige Hand. »Freut mich, Sie kennenzulernen. Ich bewundere Ihre Photos.«

»Danke. Kommen Sie hier entlang.« Er ging mir voraus durch die Diele und über einen Korridor zur Rückseite des Hauses. Bis jetzt konnte ich mir noch kein Bild von Snelling machen, außer, daß er klein war, kleiner noch als ich mit meinen einszweiundsiebzig, und daß sich sein blondes Haar um den Scheitel zu lichten begann. Ich folgte ihm in einen mit einem weißen Teppichboden ausgelegten Wohnraum und blieb stehen, um den Ausblick durch das große Fenster in mich aufzunehmen.

Im Vordergrund senkten sich die Lichter des Potrero Hill wie eine Kaskade hinunter zu dem Industriegebiet am Rande der Bay. Die Umrisse der Lagerhäuser, Öltanks und Schiffe auf den Trockendocks wirkten weich im sanften Licht der Dämmerung, und dahinter erstreckte sich glatt und ruhig das Wasser der Bay. Ich schaute hinüber zu den Hügeln auf der Ostseite der Bay und auf die im Abendlicht funkelnde Brücke, welche die beiden Küsten miteinander verband.

»Die Aussicht auf die Bay und die Hügel ist faszinierend«, sagte ich.

»Ja, tagsüber vermag ich sie zu genießen.« Snelling ging zum Fenster hinüber und zog mit einer heftigen Bewegung die Vorhänge zu. Dann schaltete er zwei Stehlampen ein. Die Wände des Raumes waren ebenfalls weiß und von Snellings Photographien bedeckt. Die Einrichtung wirkte streng und modern.

Ich muß etwas überrascht dreingeschaut haben, denn Snelling hielt inne und warf mir einen Blick zu, wobei er den Kopf ein wenig zur Seite neigte. »Ich kann es nicht ertragen, wenn die Vorhänge nach Einbruch der Dunkelheit nicht vorgezogen sind.«

»Ja, es sieht jetzt doch ziemlich düster draußen aus.«

»Nein, das ist es nicht.« Er deutete auf einen Sessel. »Es ist wegen der Heckenschützen.«

»Was?«

»Ich habe eine lächerliche Angst vor Heckenschützen.«

»Ach.« Ich ließ mich in einen Chromsessel mit Lederbezug nieder, der trotz seines funktionalen Aussehens überraschend bequem war.

Snelling nahm auf der anderen Seite des niedrigen Couchtisches Platz und kramte in seiner Hemdtasche nach einer Packung Zigaretten. »Es ist wirklich albern, aber als ich noch ein Junge war, hat einer der Burschen aus der Nachbarschaft seine Mutter erschossen. Sie stand am Küchenfenster, und er ging hinaus und erschoß sie durch das Fenster mit einem Jagdgewehr. So etwas hinterläßt oft Eindrücke fürs ganze Leben.«

»Kann ich mir denken.«

»Ja, und sehen Sie, seit damals kann ich es nicht ertragen, wenn die Vorhänge nach Einbruch der Dunkelheit noch offen sind. Ich weiß, es ist albern, aber ich kann nichts dagegen tun.«

»Wir haben alle unsere ganz persönlichen Ängste«, entgegnete ich und mußte an meine Phobie vor Vögeln denken.

Snelling hantierte mit einem Tischfeuerzeug, und ich beobachtete ihn dabei, enttäuscht darüber, daß er so gar nicht meiner Vorstellung von einem Starphotographen entsprach. Ich wußte selbst nicht genau, was ich eigentlich erwartet hatte – jedenfalls nicht so etwas wie diesen unscheinbaren Mann. Er war schlank, hatte ein geradezu unnatürlich blasses Gesicht und verwaschen blaue Augen. Er trug ausgebleichte Jeans mit einem Flicken auf einem Knie, dazu ein Arbeitshemd voller Flecken, die vermutlich von den Chemikalien in der Dunkelkammer stammten, und ausgetretene Turnschuhe. Seine abrupten Bewegungen erinnerten mich an die von Stelzvögeln, wie man sie am Strand beobachtet, wenn sie durch das seichte Wasser stolzierten. Diese Assoziation machte ihn mir keineswegs sympathischer.

Aber er war möglicherweise ein Klient, und es war allmählich an der Zeit, das Gespräch auf das Geschäftliche zu lenken. »Mr. Snelling, ich höre, Sie haben ein Problem, das ich für Sie untersuchen soll.«

Endlich hatte er die Zigarette angezündet und blickte auf. »Ja, wie ich bereits Ihrem Chef sagte – Hank Zahn ist doch Ihr Chef, oder?«

Ich nickte.

»Gut, also, wie ich Hank Zahn schon erklärte, es ist nicht von der Art, daß ich so einfach zur Polizei gehen könnte. Wissen Sie, vielleicht steckt auch gar nichts dahinter, und dann wäre Jane wütend auf mich.«

»Fangen wir mal ganz von vorne an. Wer ist Jane?«

»Jane Anthony. Sie wohnt hier bei mir. Und sie ist verschwunden.«

Ich nahm einen Block und einen Klugelschreiber aus der Tasche und notierte den Namen. »Seit wann?«

»Seit einer Woche. Ja, genau heute vor einer Woche ist sie verschwunden.«

»Erzählen Sie mir, was geschehen ist.«

»Da gibt es nicht viel zu erzählen. Ich hatte schon ziemlich früh am Vormittag einen Phototermin. Ich arbeite grundsätzlich nur in meinem Studio, im oberen Stockwerk.« Er deutete auf eine Wendeltreppe, die nach oben führte. »Ich nahm an, Jane schlafe noch in ihrem Zimmer. Die Arbeit an den Photos zog sich ziemlich lang hin; es war Anna Adams – Sie wissen, die Schauspielerin, die in diesem gräßlichen Musical im Golden Gate Theater auftritt.«

»Ja.«

»Nun, Miss Adams ist eine gute Schauspielerin, aber sie kann sich einfach nicht konzentrieren. Es hat Stunden gedauert, bis wir ein paar brauchbare Photos von ihr geschossen hatten. In der Zwischenzeit glaubte ich gehört zu haben, wie Jane unten in der Küche rumorte. Und als Miss Adams das Studio verließ, war Jane schon weg.«

»Hat sie irgend etwas hinterlassen, ich meine, eine Notiz, irgendeine Nachricht?«

»Nein, nichts.«

»Geht sie öfters weg, ohne es Ihnen zu sagen?«

»Nie.«

»Und was haben Sie unternommen?«

»Zuerst habe ich mir nicht viel dabei gedacht. Ich habe meine Arbeit getan, wie immer. Aber als es Abend wurde und Jane noch immer nicht zurück war, habe ich angefangen, mir Sorgen zu machen. Ich rief bei einigen Bekannten an, so gegen neun, aber sie hatten alle nichts von ihr gehört.«

»Und was ist mit ihrer Arbeitsstelle? Oder hat sie keine?«

Er schüttelte den Kopf. »Jane ist Sozialarbeiterin, aber zur Zeit ohne Stellung. Bei den gegenwärtigen Etatkürzungen findet man in dem Bereich nur schwer einen Job.«

»Was haben Sie als nächstes unternommen?«

»Ich habe gewartet. Am nächsten Tag habe ich noch bei ein paar

Freunden angerufen. Und im Lauf der Woche habe ich mich mit Janes Mutter in Verbindung gesetzt – sie lebt im Süden, in einem Dorf am Pazifik, es heißt Salmon Bay, in der Nähe von Port San Marco. Ich wollte Mrs. Anthony nicht beunruhigen – sie ist alt und gesundheitlich schlecht beieinander –, also gab ich vor, Jane habe angedeutet, sie würde auf ihrer Fahrt nach Los Angeles einen Abstecher machen und bei ihr vorbeikommen. Aber auch Janes Mutter hatte nichts von ihr gehört.«

»Hat Jane irgend etwas mitgenommen?«

»Soweit ich das beurteilen kann, höchstens ein paar Sachen für ein oder zwei Nächte. Ihre Toilettenartikel aus dem Badezimmer sind verschwunden, und außerdem fehlt ein kleinerer Koffer aus ihrem Schrank, aber die größeren Koffer sind alle noch da.«

»Ich nehme an, sie ist mit dem Wagen gefahren?«

»Ja. Sie hat einen – ich glaube, es ist ein Toyota, ungefähr fünf Jahre alt.«

»Wissen Sie was für ein Modell?«

»Nein.« Er breitete hilflos beide Arme aus. »Ich fahre einen VW-Käfer und für mich sehen alle außer meinem gleich aus.«

Ich notierte mir die spärlichen Angaben über Janes Wagen. »Haben Sie ein Photo von Miss Anthony?«

Er drehte sich um und deutete auf die seitliche Wand, die mit Photos bedeckt war. »Das ganz links.«

Ich ging hinüber. Jane Anthony war eine Frau um die Dreißig mit kräftigen, energischen Gesichtszügen. Ihr dunkles Haar war streng nach hinten frisiert, was ihre etwas zu große Nase und das vorstehende Kinn noch betonte. Es war kein hübsches Gesicht, aber eines, von dem sehr viel Ausstrahlung ausging, und Snelling war es irgendwie gelungen, Jane auf dem Photo nicht nur beeindruckend, sondern auch in gewissem Sinne schön aussehen zu lassen. Nicht unbedingt das, was man von dem Mann erwartete, der seine Arbeiten als ›Porträts der Wirklichkeit‹ bezeichnete.

Ich drehte mich um. »Haben Sie einen Abzug, den ich behalten kann?«

»Ja, oben.« Er erhob sich und ging auf die Wendeltreppe zu. »Ich hole ihn.«

Nachdem er nach oben ins Studio gegangen war, wandte ich mich wieder der Wand mit den Photos zu und warf einen Blick auf die anderen. Sie hatten ganz und gar nichts gemein mit den geschönten, weichen Porträts, wie man sie aus den Schaufenstern der üblichen Photographen kennt. Statt dessen waren sie scharf beobachtet und unbarmherzig realistisch – Snellings Markenzeichen! Ich ging zur gegenüberliegenden Wand, wo ich über einem gemauerten offenen Kamin das gerahmte Photo entdeckte, das ihn berühmt gemacht hatte.

Es war meines Wissens noch kein Jahr her, als Abe Snelling, damals einer von vielen Photoreportern, die in den Straßen von San Francisco Jagd auf Motive machten, eines Vormittags am Blue Owl Café vorbeikam, das hier in Potrero Hill und nicht weit vom San Francisco General Hospital liegt, und beobachtete, wie ein Mann auf die Straße herausgelaufen kam, verfolgt von dem Besitzer des Restaurants, einem als freundlich bekannten und in der ganzen Nachbarschaft beliebten Mann. Snelling, der immer das Ungewöhnliche zu ahnen schien, machte seine Kamera bereit. Die beiden Männer gerieten in Streit und kämpften miteinander. Ein Schuß wurde abgefeuert, der Lokalbesitzer stürzte getroffen zu Boden und der Schütze ergriff die Flucht. Als sich die hinausgeeilte Frau des Lokalbesitzers über ihren Mann beugte, schoß Snelling ein Photo nach dem anderen von ihrem entsetzten und schmerzerfüllten Gesicht. Das Photo, das er später an eine der Boulevardzeitungen verkaufte, wurde von den Nachrichtenmedien übernommen und bildete schließlich die Titelseite einer Sonderausgabe des Nachrichtenmagazins *Time* über das Verbrechen in den Großstädten.

Ein grausiger Anlaß, doch von da an ging es mit Snellings Karriere steil bergauf, und nun, kaum ein Jahr später, war er der Starphotograph einer wohlhabenden und berühmten Kundschaft. Die Gesellschaft war bereit, sich dem unerbittlichen Auge von Snellings Kamera auszusetzen; vielleicht fand man es zur Abwechslung ›erfrischend‹, einmal ohne gnädige Retuschen abgelichtet zu werden.

Ich trat zurück und betrachtete das Photo aus geringer Entfernung. Es kam mir so vor, als ob der in Weiß gehaltene Raum die starken Emotionen verwischte, die das Photo auslöste, und anstelle der leiderfüllten Frau so etwas wie eine Karikatur der menschlichen Kreatur übrigließe.

Snelling kam in diesem Augenblick die Wendeltreppe herunter und reichte mir eine Sieben-mal-zehn-Vergrößerung von Jane Anthonys Photo. Ich steckte sie in meine Handtasche und sagte dann: »Wenn es geht, würde ich gern Janes Zimmer sehen.«

Er nickte und ging mit mir zu einer weiteren Treppe, die nach unten führte; wie in vielen Häusern in San Francisco, die auf den Hügeln erbaut waren, befanden sich auch in diesem die Schlafräume im untersten Geschoß. Janes Zimmer lag am Ende des Korridors. Snelling öffnete die Tür und ließ mich eintreten.

Das erste, was mir auffiel, war die peinliche Ordnung, die in dem Zimmer herrschte. Ich bin selbt ein ordnungsliebender Mensch – muß es sein, da ich mit all meinen Besitztümern ein kleines Studio-Apartment bewohne –, aber dieses Zimmer war untrüglich das eines Pedanten. Das Doppelbett hätte einer militärischen Inspektion standgehalten; die Parfümflaschen, Kämme, Bürsten und Handspiegel waren sorgfältig auf der Frisierkommode ausgerichtet; die Buchrücken in den Regalen standen exakt nebeneinander und waren obendrein nach der Größe geordnet; der Papierkorb war peinlich geleert. Ich trat an den Garderobenschrank und fand dort, was ich erwartete – Röcke, Blusen, Kleider und Hosen nach Art und Farbe geordnet. Auf dem Boden standen die Schuhe in einem Gestell sauber in einer Reihe nebeneinander.

Ich drehte mich um. »Mr. Snelling –«

»Bitte sagen sie Abe zu mir.«

»Abe, darf ich Sie fragen, welcher Art die Beziehung zwischen Ihnen und Jane ist?«

»Ich verstehe nicht, was Sie meinen.«

»Waren Sie nur Bewohner ein und desselben Hauses, oder...«

»Ach so. Wenn Sie glauben, Jane sei meine Geliebte – nein, sie wohnt nur hier. Ich habe sie kennengelernt, kurz nachdem sie von Salmon Bay in diese Gegend gezogen war. Sie interessierte sich für Photographie, also hatten wir zumindest eine gemeinsame Neigung. Sie hoffte, früher oder später eine Stellung als Sozialarbeiterin zu bekommen, aber wie ich schon sagte, die Jobs sind dünn gesät. Sie hat mir leid getan – sie arbeitete halbtags als Stenotypistin und hatte Mühe, ihre Miete aufzubringen –, also schlug ich ihr vor, in dieses Haus zu ziehen, bis sie wieder regelmäßige Arbeit gefunden hätte. Ich hatte natürlich nicht angenommen, daß das sechs Monate dauern würde – oder noch länger.«

»Ich verstehe.«

»Nicht, daß es mir etwas ausmacht«, fügte er rasch hinzu; »sie ist ruhig und rücksichtsvoll – und außerdem eine güte Köchin.«

Ich trat an das Bücherregal, in dem Lehrbücher, populäre Selbsthilfe-Ratgeber und zahlreiche Science-fiction-Romane standen. Danach warf ich einen Blick in die Kommode und in die Nachttischschubladen. Die Ordnung war ebenso auffallend wie überall – nirgends etwas ganz Persönliches, das etwas Aufschluß über ihr Wesen gegeben hätte.

»Was ist mit diesen Bekannten, bei denen Sie angerufen haben?« fragte ich Snelling. »Wann haben Sie zuletzt mit ihnen gesprochen?«

»Heute früh. Niemand hat etwas von Jane gehört.«

»Wissen Sie, ob Jane ein Adreßbuch besitzt?«

»Ein kleines, das sie in ihrer Handtasche mit sich führte. Ich habe danach gesucht, aber sie hat es vermutlich mitgenommen.«

»Können Sie sich sonst noch denken, wo sie das eine oder andere notiert haben könnte, sagen wir, Namen, Verabredungen oder Adressen?«

Er zog die Stirn in Falten. »Vielleicht ganz vorne im Telephonbuch. Sie hat manchmal darin herumgekritzelt.«

Ich hatte das Telephonbuch gesehen, im untersten, offenen Regal des Nachttischchens. Jetzt nahm ich es heraus und blätterte in den ersten Seiten. Tatsächlich fanden sich dort in einer kühnen, entschlossenen Handschrift, die zu der Frau auf dem Photo zu passen schien, verschiedene Notizen: *Gold Mirror, 18. Straße und Taraval... Bus Nummer 43 Masonic zur Geary... SFG-Apotheke 12–8... Kelly-Service, Market bei der 6. Straße... Cannery-Kino, Mittwoch halbe Preise...* Es handelte sich um die Namen von Restaurants, Geschäften, Kinos und Busrouten, alles Informationen, die für das Leben in der Stadt nützlich waren.

Ich legte das Telephonbuch wieder zurück an seinen Platz, wobei ich darauf achtete, daß es nach den Kanten ausgerichtet war, wie es seine Besitzerin wohl gemacht hätte. Dann wandte ich mich dem Fenster zu und schaute hinaus über den im Dunkel liegenden Hügel mit den zum Teil unbebauten Grundstücken und halbverfallenen Häusern. Wieder kroch mir ein unerklärlicher Schauer über den Rücken.

»Ziemlich einsam, wie?« vernahm ich Snelling von der Tür her. Er hatte das Zimmer nicht betreten, vermutlich weil er befürchtete, draußen könnte ein Heckenschütze auf ihn lauern.

»Mir ist aufgefallen, daß die Häuser dieser Gegend zum Abbruch bestimmt zu sein scheinen. Wohl nicht besonders angenehm, hier zu wohnen.«

»Kann sein, aber in diesem Teil von Potrero Hill herrscht das beste Klima der ganzen Stadt. Da ich nur mit natürlichem Licht arbeite, ist für mich gutes Wetter wichtig. Außerdem wird es wohl nicht mehr lange so einsam bleiben. Die Häuser werden abgerissen, um Eigentumswohnungen Platz zu machen, genau wie auf der anderen Seite des Hügels. Und das ist mir auch wieder nicht recht, denn eigentlich liebe ich die Einsamkeit.«

Ich schaute mich noch einmal in dem Zimmer um und folgte dann Abe Snelling nach oben. »Sind Sie sicher, daß Sie die Polizei nicht einschalten wollen, Abe?« fragte ich.

»Das möchte ich auf keinen Fall!« Er schien selbst überrascht zu sein, wie heftig seine Antwort ausfiel, und er wiederholte etwas freundlicher: »Nein. Wenn Jane aus irgendwelchen persönlichen Gründen das Haus verlassen hat, würde ich mich lächerlich machen, und sie wäre wütend auf mich.«

Offenbar war ihm sehr viel daran gelegen, Jane nicht wütend zu machen. »Immerhin ist sie verschwunden, ohne Ihnen ein Sterbenswörtchen davon zu sagen«, gab ich ihm zu bedenken.

»Ich weiß, aber sie würde entgegenhalten, sie sei schließlich ein erwachsener Mensch und habe das Recht, ihr eigenes Leben zu führen. Können Sie denn nicht nach ihr forschen, ohne die Polizei einzuschalten, Sharon?«

»Ich werde sehen, was ich tun kann.« Dann ließ ich mir die Namen der Freunde und Bekannten geben, mit denen er Kontakt aufgenommen hatte, sowie die Telephonnummer von Janes Mutter und ihre Adresse in Salmon Bay. Er nahm sein Adreßbuch zur Hand und las mir die gewünschten Nummern vor.

»Wollen Sie mit Mrs. Anthony sprechen?« fragte er, während er mich zur Tür begleitete.

»Ich werde versuchen, sie nicht zu beunruhigen. Aber ehrlich gesagt, hier finde ich so wenig von Ihrer Mitbewohnerin – praktisch gar nichts Persönliches –, daß ich keine Vorstellung davon habe, wer sie ist und welche Neigungen sie hat.«

»Seltsam.« Er blieb stehen, die Hand auf dem Türknopf. »Ich dachte, ich kenne sie, aber ich muß sagen, eigentlich weiß ich auch nicht viel mehr über sie.«

»Nun, vielleicht kann mir ihre Mutter etwas mehr sagen.«

»Vielleicht.« Aber es klang nicht sehr hoffnungsvoll.

Wir verabschiedeten uns, und ich ging hinaus in den Herbstabend. Als ich über den vom Gras überwucherten Weg zur Straße ging, hörte ich, wie Snelling die Sicherheitskette vorlegte und sich in seinem Haus verbarrikadierte.

Kapitel 2

Als ich zu meinem Wagen zurückging, fiel mir ein schwarzer VW auf, der in der Nähe parkte. Er hatte zuvor nicht dagestanden, und da er noch zerbeulter war als mein MG, fragte ich mich schon, ob er vielleicht von seinem Besitzer einfach dort abgestellt worden war. Aber meine unausgesprochene Frage wurde beantwortet, als ich losfuhr. Die Scheinwerfer des VW leuchteten auf, und der Wagen folgte mir.

Ich bog von der Straße, in der Snelling wohnte, in die Missouri Street ein und glaubte, der allgemeinen Richtung zu meiner Wohnung zu folgen, kannte mich aber nicht gut aus am Potrero Hill und stellte rasch fest, daß es hier sehr viele Sackstraßen gab. Im Dunkeln hatte ich inzwischen weitgehend die Orientierung verloren, und zugleich wurde mir bewußt, daß ich schon eine ganze Weile Scheinwerfer im Rückspiegel beobachtet hatte. Sie waren verhältnismäßig klein und lagen dicht nebeneinander, so daß ich mich fragte, ob es noch der VW war, den ich in der Nähe von Snellings Haus gesehen hatte, und wenn, warum er mir folgte. Möglicherweise hatte es etwas zu tun mit meinem Besuch bei dem Photographen, aber vielleicht war es auch jemand, der mich gesehen hatte – eine Frau allein in einem Wagen – und der nun versuchte, sein Spielchen mit mir zu treiben. Das beste war, wenn ich so schnell wie möglich diesen verdammten Hügel hinter mir ließ; dann könnte ich den Wagen leichter abhängen.

Ich erreichte die Zwanzigste Straße und bog dann nach links ab. Es war eine Durchgangsstraße, sie wand sich in einer weiten Kurve wieder um den Hügel und brachte mich meinem Ziel nicht näher. Verärgert trat ich auf die Bremse, wendete, und meine Scheinwerfer beleuchteten den Plankenzaun, der einen der öffentlichen Parks einschloß, die in der zum Abbruch bestimmten Gegend verstreut lagen. Als ich wieder hügelaufwärts fuhr, kam der alte, schwarze VW mir entgegen. Ich versuchte, einen Blick auf den Fahrer zu werfen, aber das Licht seiner Scheinwerfer blendete mich. Als ich die Vermont Street erreicht hatte, hielt ich an und wartete, um festzustellen, ob er weitergefahren war oder wie ich wenden würde.

Er mußte die Richtung geändert haben, denn er kam wieder auf mich zu. Ich legte den ersten Gang ein, fuhr auf der Vermont weiter und entschloß mich, den Fahrer des schwarzen Wagens auf die Probe zu stellen. Vor mir lag eine Strecke, die als die kurvenreichste Straße der Welt bekannt ist – eine Serie von Haarnadelkurven, die noch bei weitem gefährlicher war als die berüchtigte Lombard Street am Russian Hill. Ich schaltete herunter und schlich im ersten Gang zwischen den betonierten Begrenzungsmauern die steile Straße hinunter, vorbei an einem mit Zypressen bestandenen Park auf der einen und den hellerleuchteten Fenstern der Häuser und Apartmentgebäude auf der anderen Seite. Nach einiger Zeit dachte ich, der andere Wagen hätte die Verfolgung aufgegeben, aber als ich das kurvenreiche Straßenstück hinter mir hatte und beschleunigte, sah ich wieder die Scheinwerfer im Rückspiegel.

Während meiner Jahre als Privatdetektiv habe ich viele Menschen beschattet und ich bin auch selbst oft genug verfolgt worden, aber so etwas war mir noch nie vorgekommen. Es war die amateurhafteste Beschattung, die ich je erlebt hatte. Fast kam es mir vor, als ob junge Leute einen albernen Scherz mit mir trieben – aber Jugendliche waren in der Regel nicht so beharrlich. Wenn es jemand war, der mich verfolgte, weil er mich gesehen hatte, als ich Abe Snelling besuchte, dann wollte ich mir diesen Jemand genauer ansehen. Also verlangsamte ich die Fahrt und wendete vor dem San Francisco General Hospital. Als ich mich umschaute, war mein Verfolger verschwunden.

Ich wußte nicht, ob ich erleichtert oder enttäuscht sein sollte. Ich hielt an einer Verkehrsampel vor den alten roten Klinkersteingebäuden des Krankenhauses, die Rot zeigte. Links befand sich das Blue Owl Café, wo sich die Szene abgespielt hatte, die Snellings photographischen Ruhm begründet hatte. Die Fenster waren nicht mehr erleuchtet, die Sonnenschirme über den kleinen Tischen im Freien zugeklappt. Die ganze Gegend wirkte still und verlassen. Selbst das übliche Heulen der Krankenwagensirenen war für den Augenblick verstummt. Ich warf flüchtig einen Blick auf die Einfahrten in das Krankenhausgelände, und dann durchfuhr es mich wie ein Ruck. Der schwarze VW wartete hinter einer der Einfahrten. Offenbar kannte der Fahrer eine Abkürzung durch das Gelände des Krankenhauses. Jetzt wechselte die Verkehrsampel auf Grün und ich fuhr mit Vollgas an. Mein Verfolger kam aus der Einfahrt, um wieder hinter mir herzufahren.

Und was nun? fragte ich mich.

Die offensichtliche Laienhaftigkeit der Verfolgung überzeugte mich davon, daß der Fahrer wohl keine große Bedrohung darstellte – aber gerade das konnte trügerisch sein. Aus Gründen der Sicherheit entschloß ich mich daher, ihn in meine Wohngegend zu locken, wo ich mich besser auskannte als hier.

Nachdem ich meinen Wohnblock in der Guerrero Street erreicht hatte, sah ich mich langsam fahrend nach einem Parkplatz um. Ich überließ den ersten, den ich entdeckte, meinem Verfolger, und nahm einen, der näher an meinem Wohnhaus lag. Als ich sah, wie der VW in die erste Parklücke einscherte, stieg ich aus, schloß den Wagen ab und schaute zurück. Noch immer konnte ich den Fahrer wegen der Scheinwerfer nicht erkennen. Ich ging an meinem Haus vorüber und schaute mich erst dann wieder um. Eine Frau von etwa meiner Größe stieg aus dem anderen Wagen. Sekunden später hörte ich Schritte hinter mir. Ich hastete davon, lief die Treppe zu einem der Nachbarhäuser hinauf und drückte mich dann in dem dunklen Eingang dicht neben den Briefkästen an die Wand.

Das Geräusch der Schritte verstummte; offenbar war die Frau vor dem Eingang stehengeblieben. Ich wartete und wagte es kaum zu atmen. Als dann das Hallen der Schritte wieder zu hören war, schienen sie sich zu entfernen. Dann hielten sie wieder inne und kamen schließlich rascher zurück. Eine Gestalt näherte sich dem Eingang und kam schnell die Treppe herauf.

Sie war schlank, trug eine Kordjacke und Jeans und hatte mich offenbar im Dunkeln übersehen. Jetzt wandte sie mir den Rücken zu und schaute prüfend auf die Klingeltafel an der gegenüberliegenden Wand, als ich auf sie zutrat und laut sagte: »Also, was wollen Sie von mir?«

Die Frau stieß einen erstickten Schrei aus, wirbelte herum und hielt sich die Hand vor den Mund. Im Licht, das von der Straße herüberfiel, konnte ich ihre vor Schreck weit aufgerissenen Augen und das kurzgeschnittene blonde Haar erkennen. Sie starrte mich an.

Dann allmählich senkte sich ihre Hand bis auf die Höhe ihrer Hosentasche, und ich befürchtete schon, sie könnte eine Schußwaffe bei sich haben. Aber sie schob nur die Finger in die Tasche, und mit der anderen Hand hielt sie den Schultergurt ihrer Umhängetasche fest.

In diesem Augenblick flammte das Licht im Hausflur auf. Ich sah eine Frau um die Vierzig vor mir, mit zu harten Zügen, als daß man sie attraktiv hätte nennen können. Um ihren Mund erkannte ich tiefe Kummerfalten. Sie schaute von der einen Seite zur anderen, als wisse sie nicht, wo sie sei und wie sie hierhergekommen sei. Ihre offensichtliche Angst erleichterte mich.

Sie fuhr sich mit der Zunge über die Lippen. »Ich...«

»Hören Sie«, sagte ich beruhigend, »ich werde Ihnen bestimmt keine Schwierigkeiten machen. Ich will nur wissen, warum Sie mir nachgefahren sind.«

»Ich... Ich habe Sie gesehen, wie Sie aus dem Haus von Abe Snelling gekommen sind.«

»Und?«

»Und da bin ich Ihnen nachgefahren.«

»Fahren Sie allen seinen Besuchern nach?«

»Ich... Nein, natürlich nicht.« Sie nahm die Hand aus der Tasche und legte sie über die andere, hielt damit den Schultergurt noch fester.

»Warum dann ausgerechnet mir?«

»Ich dachte, Sie hätten Jane besucht.«

»Jane Anthony?«

Sie nickte.

»Warum – was ist mit Jane?«

»Sie ist meine Freundin. Ich konnte sie nicht erreichen. Sie war mit mir in dieser Woche zum Essen verabredet, und ich habe immer wieder angerufen, aber Snelling sagt nur, daß sie nicht da ist.«

»Und warum beobachten Sie dann das Haus?«

»Das war heute das erste Mal, daß ich so etwas getan habe. Ich wollte eigentlich mit Abe Snelling reden, als ich Sie herauskommen sah.« Sie senkte den Blick. »Ich habe Angst.«

»Wovor?«

Sie schwieg.

»Wie heißen Sie?« fragte ich.

»Schaff. Liz Schaff.«

Es war keiner der Namen auf der Liste von Janes Freunden, die mir Snelling gegeben hatte. »Okay, Liz, ich bin Sharon McCone. Wovor haben Sie Angst?«

»Ich...« Sie blickte auf. »Können wir irgendwo hingehen und miteinander reden?«

»Klar.« Ich wollte sie nicht mit in meine Wohnung nehmen, daher sagte ich: »Gehen wir doch zu Ellen T, das ist die Bar an der Ecke. Trinken wir einen Schluck, und Sie können mir alles erzählen.«

Sie nickte, und wir gingen die Treppe hinunter und ein Stück die Guerrero Street entlang bis zu meiner Stammkneipe.

Es war Montagabend, daher waren nur wenige Stammkunden da, und die Bar war auch sonst recht schwach besucht. Ich winkte einem Mann aus meinem Haus zu, der Holzskulpturen anfertigte, und begrüßte den Besitzer der neuen Eisdiele auf der gegenüberliegenden Straßenseite. Die Eisdiele war das jüngste einer regelrechten Flut von Geschäften, die die einfache freundliche Atmosphäre dieser Arbeitergegend zu verändern drohten. ›Ellen T‹ dagegen war eine Institution, die sich hoffentlich nie wandeln würde – und ich war auch ziemlich sicher, daß die Kneipe so bleiben würde, wie sie war, so lange Ellen und Stanley Totelli sie führten und die Gäste mit gutem Essen, guten Drinks und gelegentlich auch mit guten Ratschlägen versorgten.

Ich fragte Liz Schaff, was sie trinken wolle, und als Stanley endlich von seinem unvermeidlichen Kreuzworträtsel aufschaute, bestellte ich zwei Glas Weißwein.

»Jetzt, wo es Herbst wird, bekommt Ihnen der Rote besser«, meinte Stanley. Sein guter Rat erfolgte manchmal auch unerwünscht.

»Weißwein«, wiederholte ich entschlossen.

Er zuckte mit den Schultern und schenkte die zwei Gläser ein. Als ich bezahlte, wollte Liz mir einen Dollar geben, aber ich schob ihn zur Seite. »Keine Sorge, ich habe ein Spesenkonto.«

Stanley verdrehte die Augen in Richtung Decke. Er glaubte mir kein Wort. Als ich Liz in das Nebenzimmer führte, wo die alten Männer der Gegend Domino spielten, fragte ich mich, warum mir diejenigen, die mich besser kannten, keine solchen extravaganten Dinge wie Spesenkonto, Erster-Klasse-Flugticket und schicke Kleider zutrauten. Aber als ich mir meiner Jeans und der alten Wildlederjacke bewußt wurde, hatte ich die Antwort.

Auch im Nebenzimmer war es ruhig wie fast immer am Montag. Vier Männer saßen an den Dominotischen, und zwei junge Latinos stocherten gelangweilt die Kugeln auf dem grünen Filz des Poolbillardtischs hin und her. Liz und ich setzten uns in die entlegenste Ecke, und ich trank erst einen Schluck Wein, bevor ich zu sprechen begann.

»Und nun erzählen Sie mir«, forderte ich sie dann auf, »wovor haben Sie Angst und warum beobachten Sie das Haus von Abe Snelling?«

Liz strich sich mit der Hand über ihr glattes blondes Haar und spielte dann unschlüssig mit einem ihrer goldenen Ohrringe. »Ja, also – Jane ist verschwunden.«

Doch das war mir ja nichts Neues. »Und?«

»Und...« Sie wartete, schaute mich an, dann schien sie einen Entschluß gefaßt zu haben. »Und ich fürchte, Abe Snelling hat ihr etwas angetan.«

»Etwas angetan? Wie meinen Sie das?«

»Er hat sie entweder verletzt oder sie eingesperrt, oder...«

»Ja?«

»Oder er hat sie umgebracht.«

»Sie umgebracht? Kennen Sie Snelling persönlich?«

Sie schaute mich erschreckt an. »Nein.«

»Er ist ein bekannter und geschätzter Photograph.«

»Jane hat mir nur seinen Namen genannt. Und von Photographie weiß ich nichts.«

»Glauben Sie mir, Ihr Verdacht paßt einfach nicht zu seinem Ruf, seiner Stellung im öffentlichen Leben. Warum, glauben Sie, hätte er Ihre Freundin umbringen sollen?«

»Sie ist verschwunden. Etwas muß passiert sein mit ihr.«

»Es kann auch durchaus harmlos sein. Vielleicht war ihr plötzlich alles zuwider, und sie ist irgendwo hingefahren, um eine Weile allein zu sein. Vielleicht auch in Begleitung eines Freundes. Oder sie hat sich entschlossen, einmal für eine Weile zu verschwinden; manche Leute haben das Bedürfnis, von Zeit zu Zeit einfach unterzutauchen.«

»Aber Jane nicht.«

»Man weiß nie, wozu jemand fähig ist, bis er es getan hat.«

Liz schüttelte entschieden den Kopf.

»Ich nehme an, Sie sind mit Jane gut befreundet?« fragte ich.

Liz ging nicht auf die Fage ein. »Snelling hat Ihnen bestimmt etwas über Jane erzählt. Was?«

Ich zögerte. Aber Snelling hatte mich nicht gebeten, die Untersuchung geheimzuhalten. »Daß sie verschwunden ist.«

»Sind Sie mit Snelling befreundet? Hat er es Ihnen deshalb gesagt?«

»Ich bin Privatdetektiv. Snelling hat mich engagiert, damit ich Jane finde.«

»Ach.« Liz griff nach ihrem Weinglas. Ihre Hand zitterte leicht, als sie es an die Lippen führte. Sie stellte es danach wieder sorgfältig in die Vertiefung, die das Glas auf der Papierserviette hinterlassen hatte. Dabei mußte ich an Jane Anthonys pedantisch ordentliches Zimmer denken. »Dann macht er sich also auch Sorgen um sie.«

»Große Sorgen sogar. Sie sehen, Ihre Befürchtung ist grundlos. Mörder pflegen in der Regel keine Privatdetektive zu engagieren, damit diese ihre Opfer finden, oder?«

Sie lächelte. »Nein, nicht im wirklichen Leben.«

»Das stimmt.« Ich trank einen Schluck Wein. »Wenn Sie mir helfen wollen, Ihre Freundin zu finden, dann sollten Sie mir sagen, was Sie über sie wissen.«

»Was denn?«

»Fangen wir ganz vorne an – wie haben Sie Jane kennengelernt?«

»Wir stammen aus demselben Ort, aus Salmon Bay in der Nähe von Port San Marco. Ich bin vier Jahre älter als Jane, aber wir kennen uns schon seit unserer Kindheit. In Salmon Bay kennt jeder jeden. Und wir haben beide beim ›The Tidepools‹ gearbeitet.«

»Was ist das?«

»Ein Hospiz, eine Anstalt, in der man sich um unheilbare Kranke kümmert. Ich bin staatlich geprüfte Krankenschwester mit einem Diplom der Universität in Los Angeles. Jane ist Sozialarbeiterin.«

»Wo ist das Heim?«

»In Salmon Bay, etwas nördlich vom Ort gelegen. Ein großes Gebäude hoch über dem Strand. Es ist sehr schön dort, mit vielen Zypressen- und Eukalyptushainen. Man würde es nicht glauben, wenn man es sieht, daß die Menschen dort hingehen, um zu sterben.«

»Und Sie und Jane haben dort gearbeitet.«

»Über fünf Jahre.«

»Das muß ziemlich deprimierend gewesen sein.«

Liz schaute mich überrascht an. »O nein, das war es gar nicht. Die Philosophie des Hospizes besteht darin, die Menschen ohne Angst und in Würde sterben zu lassen. Im ›The Tidepools‹ leben die Patienten die Zeit, die ihnen noch zur Verfügung steht, voll aus, und es gelingt ihnen sogar, glücklich zu sein. Das kann einem manche Anregung für das eigene Leben geben.«

»Wann sind Sie dort weggegangen?«

»Vor einem Jahr. Es hat ein paar Unstimmigkeiten gegeben, und dann habe ich ein gutes Angebot vom General Hospital in San Francisco bekommen.«

»Unstimmigkeiten?«

Sie schüttelte den Kopf und hielt den Blick gesenkt.

Ich ging vorläufig nicht näher darauf ein. »Und Jane? Hat sie zur gleichen Zeit das Hospiz verlassen?«

»Nein, erst vor ungefähr acht Monaten. Sie kam hierher, ohne eine neue Stellung zu haben, und hoffte, sie würde etwas finden, aber mit Stellen für Sozialarbeiter sieht es hier ziemlich schlecht aus. Es ist ihr gar nicht gut ergangen, bis Abe Snelling sie bei sich aufgenommen hat. Ich hätte sie gern etwas unterstützt, aber Jane ist viel zu stolz, um Geld anzunehmen.

Aber nicht zu stolz, um kostenlos bei Abe Snelling zu wohnen, dachte ich im stillen. »Können Sie sich vorstellen, wohin Jane gegangen sein könnte?« fragte ich. »Zu einer Freundin? Zu einem Freund?«

»Nein.« Sie blickte auf und schaute mich mit großen Augen an. »Deshalb mache ich mir ja solche Sorgen.«

»Und nach Hause? Meines Wissens lebt ihre Mutter noch in Salmon Bay.«

»Sie kommen nicht gut miteinander aus. Ich glaube kaum, daß sie nach Hause zurückgekehrt ist.«

Ich dachte drüber nach, ob Jane Snelling nicht vielleicht aus irgendeinem Grunde loswerden wollte und ihre Mutter gebeten hatte, sie am Telephon zu verleugnen. Aber wenn Mutter und Tochter nicht gut miteinander auskamen... »Sind Sie sicher, daß die zwei kein gutes Verhältnis miteinander haben?«

Liz zögerte. »Ganz sicher. Mrs. Anthony ist nie einverstanden mit dem, was Jane tut.«

»Und warum nicht?«

»Sie ist eben so.«

»Das verstehe ich nicht.«

»Salmon Bay ist ein reichlich provinzielles Nest. Eigentlich ein Fischernest, aber dann wurde die Fischindustrie automatisiert, und daran sind die meisten Fischereibetriebe kaputtgegangen. Die Menschen in Salmon Bay kommen gerade noch so über die Runden. Sie sitzen auf ihrem Fleckchen Land, flicken ihre Netze und träumen von der guten alten Zeit. Und jeder, der in die wirkliche Welt geht, ist suspekt.« Die Bitterkeit in ihrer Stimme nahm von Wort zu Wort zu.

»Mit ›jeder‹ meinen Sie Jane?«

»Ja.« Sie trank ihr Glas aus. »Jane und mich.«

Liz Schaff hatte mir nicht mehr konkrete Fakten vermittelt als Snelling, aber ihre kurze, vorwurfsvolle Beschreibung der Menschen von Salmon Bay hatte das Photo, das in meiner Tasche steckte, irgendwie mit Leben erfüllt. Ich trank ebenfalls mein Glas aus und zog meine Jacke an.

»Habe ich Ihnen helfen können?« fragte Liz.

»Ja. Danke.«

»Und – sagen Sie es mir, wenn Sie etwas herausgefunden haben?«

»Sicher.« Ich gab ihr eine meiner Geschäftskarten. »Die erste Nummer ist die der Firma, für die ich arbeite – All-Souls-Rechtshilfe –, die zweite ist die meines telephonischen Auftragsdienstes. Rufen Sie mich an, wenn Ihnen noch etwas dazu einfällt.«

Liz kritzelte eine Nummer auf die Rückseite eines Zettels, der wie eine Einkaufsliste aussah. »Und Sie können mich unter dieser Nummer erreichen. Bitte, rufen Sie mich an, wenn Sie etwas über Jane erfahren haben.«

Ich sagte ihr, sie solle sich keine Sorgen machen, und wir verließen gemeinsam die Kneipe. Liz ging zu ihrem Wagen, und ich ging nach Hause, um für die Fahrt nach Salmon Bay zu packen.

Kapitel 3

Ich war mit mir nicht im reinen, ob mein Apartment tatsächlich unordentlich war, oder ob es mir nur so vorkam im Kontrast zu Jane Anthonys peinlich aufgeräumtem Zimmer. Sicher, bei mir stand ungespültes Geschirr in der Spüle, und die Tagesdecke lag achtlos hingeworfen auf dem Bett, aber deshalb war ich doch noch lange keine Schlampe, oder? Als ich das Wohn-Schlafzimmer betrat, strich Watney, mein Kater, an meinen Beinen entlang und schnurrte, als wolle er mich besänftigen. Ich bückte mich, kraulte ihn, hockte mich dann im Schneidersitz auf das Bett und warf einen Blick auf die Zeitung, deren Anzeigenteil noch vom Vortag aufgeschlagen war.

Die Wohnungsangebote standen unter der Rubrik WOHNUNGEN ZU VERMIETEN – SAN FRANCISCO, und ich hatte einige der Annoncen mit einem Rotstift angekreuzt. Bedauerlicherweise mußte ich die meisten als vergeben oder aus anderen Gründen streichen. Als ich mich entschlossen hatte, eine neue Wohnung zu suchen, hatte ich noch nicht geahnt, wie wenig erschwingliche und angemessene Wohnungen in dieser Stadt angeboten wurden.

Aber ich hatte dennoch den Entschluß gefaßt, früher oder später hier auszuziehen. Im vergangenen Jahr hatten sich in diesem Haus zwei Mordfälle ereignet – und ich war in beide verwickelt worden –, dazu die gesamte Atmosphäre in der Nachbarschaft wegen der ansteigenden Kriminalität in dem Viertel. Wenn ich ehrlich zu mir war, mußte ich mir eingestehen, daß mich in diesen Tagen das Nachhausekommen deprimierte. Und außerdem war die Wohnung einfach zu klein; die Farbe von Wänden und Decke blätterte ab, die veraltete Klimaanlage, die vom Kompressor im Keller aus betrieben wurde, war zu schwach und kühlte nicht ausreichend, und auch der ›kleine Garten‹ aus Plastikblumen in der Eingangshalle amüsierte mich nicht mehr. Es war Zeit, wegzuziehen.

Oder doch nicht?

Denn ich lebte seit Jahren hier. Ich hatte mich eingewöhnt.

Hatte ich mich wirklich eingewöhnt?

Und war ich in der Tat bereit, in einer anderen Gegend sechshundert Dollar für ein Ein-Zimmer-Apartment zu bezahlen?

Ich brach die Überlegungen ab. Es eilte ja nicht; ich konnte mir Zeit lassen und suchen, bis ich das Richtige gefunden hatte. Die Wohnungen, die ich mir gestern hatte ansehen wollen, waren alle schon vergeben gewesen, als ich dort ankam.

Ich langte nach dem Hörer des Telephons und rief meinen Auftragsdienst an. Ich hatte einen Anruf meiner Freundin Linnea Carraway erhalten, die seit neuestem bei einer kleinen Fernsehstation in Seattle als Moderatorin arbeitete; sie hatte nur angerufen, um mit mir zu ratschen. Paula Mercer, meine künstlerisch begabte Freundin vom de Young Museum, hatte von einer Wohnung gehört, die passend wäre für mich, und bat mich, zurückzurufen. Und eine meiner Schwestern hatte angerufen. Sie hatte dem Mädchen vom Auftragsdienst nur gesagt: ›Ich bin Sharons Schwester‹, daher wußte ich nicht, welche von den beiden. Und ich dachte nicht daran, mein Geld für Ferngespräche auszugeben, nur um herauszufinden, welche meiner Schwestern mich zu sprechen wünschte. Von Greg kein Lebenszeichen.

Warum auch? Die Sache war gelaufen. Nach eineinhalb Jahren hatten Lieutenant Gregory Marcus und ich die Beziehung abgebrochen. Wir hatten schöne Zeiten erlebt – sogar wunderbare Zeiten –, aber unsere ausgeprägten Charaktere hatten die Bindung immer wieder in Machtkämpfe ausarten lassen. Ich war froh darüber, daß ich es hinter mir hatte; es war eine Erleichterung, endlich einmal ohne diese fortwährenden, kräfteverzehrenden Auseinandersetzungen leben zu können.

Dennoch – man gewöhnt sich nach so langer Zeit an den täglichen Anruf. Man gewöhnt sich an das gemeinsame Lachen und an die schönen Augenblicke der Liebe. Daß keine Nachricht von Greg vorlag, erfüllte mich wider Willen mit Traurigkeit. Ich mußte etwas unternehmen, mußte raus hier, und zwar gleich.

Ich stand auf und nahm meine Reisetasche aus dem Schrank. Watney beäugte mich argwöhnisch.

»Ja, ich laß dich schon wieder allein«, gestand ich ihm. »Tim wird dich füttern.«

Watney drehte mir den Rücken zu und putzte sich das schwarzweiße Fell.

Das war auch eines der Probleme, das mit einer neuen Wohnung auf mich zukam, dachte ich als ich Jeans und Pullover und einen Rock in die Tasche warf. Wo würde ich einen Hausmeister finden, der sich so liebevoll um meinen Kater kümmern würde? Vielleicht sollte ich doch...

»Genug, Sharon!« sagte ich laut zu mir selbst. »Du hast einen Fall zu bearbeiten. Das Problem mit der Wohnung mußt du später lösen.«

Während ich über die Junipero-Serra-Schnellstraße in Richtung San Jose fuhr, entschloß ich mich, zunächst an der Salmon Bay haltzumachen und mir in Port San Marco in einem Motel ein Zimmer zu nehmen. Ich erinnerte mich, dort einmal als Kind mit Linnea und ihren Eltern die Sommerferien verbracht zu haben. Die Erinnerung schaukelte mir Bilder von Plankenwegen, Fahrten in einem Vergnügungspark, von Zukkerwatte und Hot dogs vor. Und der Gedanke daran erinnerte mich, daß seit dem Mittagessen sehr viel Zeit vergangen war. Ich kramte in meiner Tasche nach einem der Schokoladenriegel für Notzeiten und wickelte ihn mühsam mit einer Hand aus dem Papier.

Port San Marco war, wie ich mich entsann, früher einmal ein bedeutender Fischerhafen gewesen. Dann hielt die Automatisierung auch Einzug in die fischverarbeitende Industrie, wie Liz Schaff erzählt hatte, und Großunternehmen aus dem Norden und Süden verdrängten die kleinen Betriebe vom Markt. Im Gegensatz zu Dörfern wie Salmon Bay war es den größeren Orten gelungen, den Anschluß an die neue Zeit zu finden, und jetzt waren die umliegenden Hügel westlich des Hafens von sogenannten rauchlosen Industrien und teuren Wohntrakten geprägt, während der Hafen selbst als Attraktion für den Tourismus diente: Promenaden erstreckten sich rings um den Jachthafen, Restaurants und Hotels reihten sich eins an das andere den Strand entlang. Ich hatte irgendwo gelesen, daß man sogar daran dachte, auf dem Gelände des ehemaligen Vergnügungsparks ein Zentrum für die darstellenden Künste zu errichten.

Ich hatte den Ort geliebt, so, wie er in meiner Kinderzeit gewesen war, mit der Achterbahn, den Spielhallen, den Hot-dog-Buden und den Bierzelten. Ich hatte den einfachen Fischerhafen vergangener Jahre gemocht und war daher sicher, daß ich das neue Port San Marco nicht in mein Herz würde schließen können. Dennoch entschied ich mich, mir ein Zimmer in einem Motel am Strand zu nehmen, in der Hoffnung, vielleicht noch ein wenig von der Atmosphäre vergangener Zeiten zu erleben. Snelling bezahlte meine Spesen, und er konnte es sich leisten.

Die Schnellstraße schlug einen Bogen um San Jose und mündete in die Route 101 ein. Auf beiden Seiten der achtspurigen Autobahn lagen Apartmentkomplexe und wie aus dem Boden gestampfte langweilige Wohnsiedlungen. Diese Vororte erinnerten mich an die triste Architektur von Los Angeles, und ich war froh, als ich wieder freies Land erreichte, das von sanften mit kalifornischen Eichen bestandenen Hügeln gesäumt war.

Während der Weiterfahrt entsann ich mich wieder meines Gesprächs mit Liz Schaff. So sehr ihre Sorge um die Freundin auch echt sein mochte – ihre übertriebene Angst konnte ich nicht teilen. Die Vorstellung, Abe Snelling könnte einen Menschen getötet haben, erschien mir lächerlich. Aber Liz hatte ja betont, daß sie den Photographen gar nicht kannte. Vielleicht kannte sie ihn doch? Ist es wahrscheinlich, daß eine Freundin im Verlauf von sechs Monaten nicht ein einziges Mal eingeladen wird? Vielleicht hatten sich Liz und Abe auf diese Weise kennengelernt, und möglicherweise war es dabei zu Unstimmigkeiten gekommen, die dazu führten, daß Liz den Photographen nicht leiden konnte, daß sie ihn deshalb sogar verdächtigte und ihm einen Mord zutraute. Warum hatte sie nicht einfach am Telephon nach Jane gefragt oder entschlossen an der Haustür geklingelt, um sich nach dem Aufenthalt ihrer Freundin zu erkundigen?

Ich mußte Snelling über Liz Schaff befragen.

Die Fahrt nach Süden ging zügig voran. Salinas lag bereits hinter mir, und ich hatte den Bergrücken kurz vor Paso Robles und der Abkürzung nach Port San Marco erreicht. Ich überlegte, ob ich mir noch einen Riegel Schokolade gönnen sollte, entschied aber, daß es besser war, rasch ein Motel zu finden und dann irgendwo zu essen, bevor die Lokale schlossen.

Na schön, dachte ich, Jane und Liz waren also schon Freundinnen in Salmon Bay gewesen. Nach ihren Schilderungen konnte man annehmen, daß die Bewohner des kleinen Ortes feindselig gegenüber allem Fremden eingestellt waren. Und wenn Janes Beziehung zu ihrer Mutter tatsächlich so schlecht war, wie Liz behauptete, war es ziemlich unwahrscheinlich, von ihr brauchbare Informationen zu erhalten.

Und was hatte es mit dem Hospiz namens ›The Tidepools‹ auf sich? Was hatte Liz gesagt? Etwas von Unstimmigkeiten. Und sie hatte sich geweigert, näher darauf einzugehen. War ihr vielleicht gekündigt worden? Nein, sie behauptete, sie habe ein Angebot vom General Hospital in San Francisco erhalten. Vielleicht war aber Jane die Kündigung ausgesprochen worden. Möglicherweise war das der Grund, weshalb sie solche Schwierigkeiten hatte, eine neue Stellung in San Francisco zu finden. Ich mußte mich also mit dem Leiter des Personalbüros von ›The Tidepools‹ unterhalten...

Beinahe hätte ich die Ausfahrt Port San Marco verpaßt, so sehr war ich in Gedanken vertieft. Die Zubringerstraße wand sich die Hügel hinauf und verlief dann in einer weit gezogenen Kurve abwärts. Vor mir sah ich die glatte, dunkle Wasserfläche des Ozeans. Port San Marco lag wie eine Lichterinsel an der Küste. Ich folgte der Hauptstraße durch den Ort zum Strandboulevard.

Das ›Mission Inn‹ gegenüber der alten Fischerwerft gefiel mir gut. Das Gebäude war spanischer Architektur nachempfunden, zweistöckig und mit weißen Stuckverzierungen und einem Innenhof, der von Palmen und blühenden Bougainvillea gesäumt war. Das türkisfarben glänzende Wasser eines Swimming-pools schimmerte kühl in der Dunkelheit. Ich trug mich in die Gästeliste ein und bekam ein Eckzimmer im oberen Stockwerk mit Blick auf den Hafen. Nachdem ich mich etwas umgesehen und meine Sachen ausgepackt hatte, rief ich bei All Souls an und gab meine hiesige Telephonnummer durch, dann verließ ich das ›Missions Inn‹, auf der Suche nach einem Speiserestaurant.

Wenigstens in diesem Punkt hatte sich das Städtchen nicht verändert: An der Werft lagen immer noch die Fischerboote vertäut, und gegenüber drängten sich Souvenirläden und Restaurants. Ich entschied mich für eines am Ende der Straße. Ein Lokal ohne besondere Aufmachung, aber mit gemütlichen Sitzecken. Als mir die Kellnerin meinen Krabbencocktail mit Toast brachte, fragte ich sie, wie weit es von hier nach Salmon Bay sei.

»Ungefähr zehn Meilen auf der Küstenstraße nach Norden. Aber ich kann mir nicht vorstellen, warum Sie dort hinwollen.«

»Warum nicht? Was ist das denn für ein Ort?«

»Ein paar halbverfallene Häuser. Und ein paar noch heruntergekommenere Bierkneipen.«

»Verdient man sich dort noch den Lebensunterhalt mit Fischfang?«

»Wenn man das Leben nennt...«

»Haben Sie schon mal von einem Hospiz namens ›The Tidepools‹ gehört? Wissen Sie etwas darüber?«

Sie lehnte sich mit der Hüfte gegen die Tischkante und schien sich auf ein längeres Gespräch einzurichten. Die Kellnerin war Anfang fünfzig und sah selbst im gedämpften Licht des Restaurants müde aus. »Ja – das ist was ganz Nobles, wie ein Sanatorium – aber da kommt einer nur rein, wenn er schon am Abkratzen ist.«

»Ist es teuer?«

»Könnte ich mir denken. Ich hab' mal einen Artikel darüber in der Zeitung gelesen. Es heißt, sie haben eine besondere Art, auf den Tod vorzubereiten.« Sie zuckte mit den Schultern. »Ich weiß nicht. Für mich gibt es nur eine Art, und die heißt Schluß, Ende, aus.«

»Sicher.«

Sie trat von einem Fuß auf den anderen und schaute dabei nachdenklich zu Boden. »Wissen Sie, ich habe so das Gefühl, daß man dort irgendwie ein Spiel treibt.«

»Ein Spiel?«

»Man tut so, als ob die Leute gar nicht wirklich sterben müssen. Spiele, um das Drohende zu vertreiben.«

Der Ausdruck ließ mich erschauern. »Tun wir das nicht alle?«

»Ja, wirklich.« Sie richtete sich auf und warf einen Blick hinüber zur Registrierkasse, wo ein Mann das Kleingeld zählte. »Ich glaube, ich mach mich jetzt wieder an die Arbeit. Wollen Sie was trinken? Einen Wein?«

»Gern. Einen Weißen.«

Ich verzehrte meinen Krabbencocktail und trank den Wein und danach noch ein zweites Glas, schaute hinaus auf das Wasser und beobachtete die Leute, die draußen vorübergingen. Es war nicht gerade Hochsaison, dennoch wimmelte es fast von Touristen. Sie schlenderten allein oder in kleinen Gruppen müßig durch die abendlichen Straßen.

Ich mußte an Greg denken und fragte mich, wie es zwischen uns gewesen wäre, wenn wir hier Ferien gemacht hätten. Wir hatten nie Gelegenheit gehabt, es herauszufinden, und jetzt war es zu spät. Manchmal fragte ich mich, ob ich noch einmal eine Beziehung eingehen und für einige Zeit die Einsamkeit verscheuchen würde – ein Spiel, um das Drohende zu vertreiben...

Kapitel 4

Gegen Morgen waren meine privaten Gedanken und Gefühle in jene entfernte Ecke meines Gehirns verdrängt, wo sie normalerweise verborgen waren – und blieben hoffentlich lange dort. Ich stand auf, schaltete die Kaffeemaschine ein, nahm eine Dusche und rief dann Jane Anthonys Mutter an. Sie weigerte sich zunächst, überhaupt mit einer angeblichen Freundin von Jane zu sprechen, erklärte sich dann aber bereit, mich um elf zu empfangen, nachdem sie vom Einkaufen zurück sei. Also ließ ich mir Zeit beim Frühstück, genoß das Rührei mit Schinken und fuhr anschließend nach Salmon Bay.

Es war ein warmer Tag, der noch kaum etwas vom Herbst ahnen ließ, und die vereinzelten Nebelschwaden, die vom Pazifik hereindrangen, würden bald von der Sonne aufgelöst sein. Ich folgte der Küstenstraße in Richtung Norden, zunächst durch eine exklusive Villensiedlung und dann durch ausgedehntes Farmland.

Kürbisfelder, bunt von den reifen Früchten, erstreckten sich nach Westen bis zum Strand, während sich im Osten die sonnenverbrannten Hügel erhoben. Nach acht oder neun Meilen beschrieb die Küstenstraße einen weiten Bogen um eine kleine Bucht, in der Boote vor Anker lagen. Eine halbe Meile weiter zeigten eine Kreuzung mit gelbem Blinklicht und ein verwittertes Straßenschild die Zufahrt nach Salmon Bay an.

Es war eine Landstraße, und sie war wohl schon seit längerem nicht in bestem Zustand. Ich schaltete herunter und holperte auf der Straße entlang, die durch ein Feld führte, das schon lange nicht mehr bestellt worden war und auf dem niedriges Gestrüpp wucherte. Die Straße beschrieb ein paar Kurven und verlief dann parallel zur Küstenlinie. Das erste Gebäude, das ich erreichte, war eine Bootswerft, umgeben von einem Maschendrahtzaun. Es lagen Boote auf Kiel und warteten darauf, repariert zu werden. Doch die Werft schien verlassen zu sein, bis auf einen Mann, der vom Bug eines alten grünen Bootes die Farbe abkratzte. Ich fuhr weiter, vorbei an ›Johnsons Marinelager‹, ›Roses Krabbenhütte‹ und an einem Gemischtwarenladen. Von hier aus verliefen mehrere ungeteerte Straßen nach rechts, gesäumt von verfallenen Häusern. An keiner der Straßen entdeckte ich ein Straßenschild.

Bedauerlicherweise hatte ich es versäumt, Mrs. Anthony zu fragen, wie ich zu ihrem Haus gelangte. Ich hatte auch nicht daran gedacht, daß das nötig sein würde, in einem Dorf wie Salmon Bay. Ich fuhr weiter, kam an der ›Shorebird Bar‹ vorüber und an einem Geschäft, das Köder und Angelzeug verkaufte, und erreichte schließlich einen halbverfallenen Pier, der so aussah, als hätte seit Jahren niemand mehr einen Fuß darauf gesetzt. Zwei braunweiß gefleckte Straßenköter trotteten die Straße entlang, aber sonst entdeckte ich kein Zeichen von Leben. Außer dem Gemischtwarenladen waren alle Geschäfte geschlossen.

Ich wendete vor dem Pier und fuhr zurück bis zur Bootswerft. Es gab tatsächlich kein einziges Straßenschild im Ort. Nachdem ich nahe dem Tor des Maschendrahtzaunes geparkt hatte, stieg ich aus und betrat das Gelände der Bootswerft. Die Hütte, die als Büro diente, war geschlossen, und die einzigen Geräusche, die ich vernahm, waren die Schreie der Möwen und das Kratzen und Schaben des Spachtelmessers am Bug des grünen Bootes. Ich ging auf den Mann zu und warf dabei einen Blick auf die Boote, die rundum vertäut lagen.

Das waren keine luxuriösen Jachten wie in Port San Marco, sondern robuste Boote, die allesamt schon bessere Tage gesehen hatten. Am Rand der Ufermauer war eine Tankstelle mit mehreren Benzin- und Dieselpumpen, aber es schien niemanden zu geben, der sie hätte bedienen können, und auch niemanden, der dort getankt hätte. Wäre da nicht dieser ältere Mann gewesen, der an dem Boot arbeitete, hätte ich gedacht, in einen völlig verlassenen Ort geraten zu sein. Meine Füße knirschten auf dem Kies, als ich mich ihm näherte, aber der Mann blickte nicht von seiner Arbeit auf.

»Entschuldigen Sie«, sprach ich ihn an.

Jetzt hob er den Kopf, schaute mich an, nickte kurz und setzte seine Arbeit fort. Er hatte schwarzes Haar, einen dunklen Vollbart, und obwohl er, aus der Nähe betrachtet, nicht viel älter als vierzig sein konnte, war sein Gesicht so gegerbt und faltig wie das eines alten Mannes.

»Ich suche die Hydrangea Lane. Können Sie –«

»Wen suchen Sie denn?«

»Wie bitte?«

»Wen, in der Hydrangea Lane?«

»Eine Mrs. Anthony. Sylvia Anthony.«

Die Hand mit dem Spachtelmesser hielt in der Bewegung inne. »Weiß sie, daß Sie kommen?«

»Ja, ich bin mit ihr verabredet.«

Er stellte seine Arbeit ein und wischte das Spachtelmesser an der ausgebleichten Hose ab. »Wirklich?«

Mit abweisender Verschlossenheit hatte ich gerechnet, aber nicht mit derart direkten Fragen. »Natürlich. Hören Sie –«

»War ja nur eine Frage.« Sein Ton klang versöhnlich, aber die dunklen Augenbrauen zogen sich argwöhnisch zusammen.

»Können Sie mir sagen, wie ich dorthin komme? Ich habe kein einziges Straßenschild gesehen.«

»Natürlich nicht.« Sein Gesicht verzog sich zu einem spöttischen Lächeln. »Gibt ja auch keine.«

»Und wie findet man hier jemanden?«

»Dazu braucht man keine Straßenschilder.«

»Wenn man hier wohnt vielleicht nicht, aber was machen Fremde?«

Das Lächeln erstarb in seinem Gesicht. »Fremde sind hier nicht willkommen.« Seine Worte klangen wie eine Drohung, und seine Hand schien fester das Spachtelmesser zu umfassen.

Doch ich gab nicht auf. »Das kann ich mir gut vorstellen. Aber Mrs. Anthony erwartet mich, und ich möchte sie nicht warten lassen.«

Der Mann musterte mich einen Augenblick, dann wandte er sich wieder dem Boot zu und fuhr fort, die Farbe abzuschaben. »Fahren Sie bis zur letzten Straße rechts, die dann bis zum Ende, dann links. Es ist ein weißes Haus mit einem Zaun aus Treibholz und blauen Hortensien im Vorgarten, eine Unmenge davon. Dort finden Sie Sylvia Anthony.«

Ich bedankte mich und verließ die Bootswerft, ein wenig bedrückt wegen seiner Feindseligkeit. Waren alle Bewohner des Dorfes wie er? Oder war ich zufällig auf einen besonders verbitterten Sonderling gestoßen?

Wenn der Mann auf der Bootswerft von Unmengen von Hortensien gesprochen hatte, dann hatte er damit nicht übertrieben. Sie füllten den kleinen Vorgarten von Mrs. Anthonys Haus, die blauen Blüten drangen durch den windschiefen Zaun aus Treibholz und ergossen sich in einer wahren Flut von der Veranda herab. Das Haus war frisch getüncht, im Gegensatz zu den Häusern in der Nachbarschaft, die schäbig aussahen und deren Gärten teilweise an Abfallhalden erinnerten. Ich ging durch das Gartentor über einen Weg, der von Muschelschalen begrenzt war, klopfte an die Tür. Vor den Fenstern waren die Jalousien heruntergelassen, und ich fragte mich, ob Janes Mutter schon zurück war.

Aber auf mein Klopfen wurde die Tür geöffnet, und eine große hagere Frau schaute mich an. Dreißig Jahre jünger, und sie hätte die Frau auf dem Photo von Snelling, das Jane zeigte, sein können; aber ihr Haar war ergraut und das Gesicht von tiefen Falten durchfurcht. Markante Linien rahmten ihren Mund von der kräftigen Nase bis zum Kinn ein. Ich fragte mich, ob Jane in zwanzig oder dreißig Jahren auch so aussehen würde, oder ob sie sich dadurch davor bewahrt hatte, daß sie Salmon Bay den Rücken gekehrt hatte, dem Ort, der ihre Mutter hatte verbittern und alt werden lassen.

Ich stellte mich vor, und Mrs. Anthony bat mich hinein und führte mich in ihr Wohnzimmer. Es war überfüllt mit, wie mir schien, wertvollen Antiquitäten. Mein erster Eindruck war der eines heillosen Durcheinanders, aber als sich meine Augen an das dämmrige Licht gewöhnt hatten, sah ich, daß jeder Gegenstand mit Sorgfalt aufgestellt und abgestaubt war. Jane war offenbar nicht nur im Äußeren ihrer Mutter nachgeraten.

Mrs. Anthony deutete an, ich solle auf der Couch Platz nehmen und ließ sich dann selbst auf einen Schaukelstuhl nieder, so, wie jemand es tut, der von Arthritis geplagt wird. Dann schaltete sie die Stehlampe ein, und ich betrachtete Mrs. Anthony und nahm mir vor, das Thema von Janes Verschwinden mit Taktgefühl und sehr behutsam anzugehen.

Bevor ich etwas sagen konnte, begann Mrs. Anthony: »Sie erwähnten am Telephon, daß Sie eine Freundin meiner Tochter sind. Was führt Sie nach Salmon Bay?«

»Ich versuche, Jane zu finden.«

»Und warum?«

»Ich muß mit ihr sprechen.«

»Worüber?«

Ich entschied mich, die Frage zu ignorieren. »Wissen Sie, wo Jane sich aufhält, Mrs. Anthony?«

Ein seltsamer Ausdruck huschte über ihr Gesicht; es konnte Zorn, aber auch Angst sein. »Nein.«

»Haben Sie Jane in letzter Zeit gesehen?«

Sie schwieg nachdenklich einen Augenblick, bevor sie antwortete: »Und wenn ich sie gesehen habe?«

»Mrs. Anthony, es ist wirklich sehr wichtig, daß ich Ihre Tochter finde. Sie würden mir sehr helfen, wenn –«

»Warum sollte ich Ihnen behilflich sein?«

»Sie würden auch Ihrer Tochter damit nützen. Es ist sehr wichtig, daß ich mit ihr rede.«

»Worüber?«

»Ich fürchte, das kann ich nicht sagen.«

Sie zögerte. Ich fühlte, daß sie mit sich rang, was mehr im Interesse ihrer Tochter lag – ihr Privatleben zu wahren oder mich mit ihr in Verbindung zu bringen. »Es ist sehr wichtig, sagen Sie?«

»Ja.«

»Also gut – sie war gestern abend hier.«

»Gestern abend?«

»Ja. Ob Sie's glauben oder nicht, sie hat ihre alte Mutter besucht.« Aus ihren Worten klang beißender Sarkasmus.

»Wie lange ist sie geblieben?«

»Eine Stunde, vielleicht weniger. Aber viel länger bleibt sie nie, wenn sich mich schon mal besucht.«

»Haben Sie ihr gesagt, daß ihr Freund, Abe Snelling, versucht hat, sich mit ihr in Verbindung zu setzen?«

Sie zog die Augenbrauen hoch. »Was wissen Sie über Abe Snelling?«

»Wir sind beide Janes Freunde...«

»Sieht so aus, als ob Jane plötzlich eine ganze Menge Freunde hätte. Seltsam, früher hatte sie kaum welche.« Sie stand auf und zog eine der Jalousien hoch, als wolle sie Licht in das Dunkel um ihre Tochter werfen. Dann wandte sie sich mir zu und erklärte: »Hören Sie, Miss McCone, ich habe Jane gesagt, daß Abe Snelling angerufen hat. Sie meinte, sie ginge zurück zu ihm, sobald sie könnte. Und dann ist sie gegangen.«

»Aber sie hat nicht gesagt, wohin?«

Wieder huschte dieser seltsame Ausdruck über ihr Gesicht. Diesmal glaubte ich es in einen Begriff fassen zu können: Abneigung. »Nein. Meine Tochter vertraut sich mir nicht an.«

Ich dachte, gleich bittet sie mich zu gehen, doch sie kehrte zu ihrem Schaukelstuhl zurück und ließ sich wieder nieder. Offenbar war sie häufig allein und froh, endlich einmal jemanden zu haben, mit dem sie reden konnte. Ich schaute mich in dem Raum um, dabei fiel mein Blick auf ein gerahmtes Photo. Es war der alte Pier, wo ich kurz vorher gewesen war, nebelverhangen und geheimnisvoll wirkend. Ich stand auf, ging hinüber und betrachtete es genauer.

»Ein schönes Photo«, sagte ich.

»Jane hat es aufgenommen.«

»Ich wußte nicht, daß sie photographiert.« Aber während ich es sagte, fiel mir ein, daß Snelling erwähnt hatte, sie hätten etwas Gemeinsames, nämlich das Interesse an der Photographie.

»Sie photographiert nicht mehr. Sie verdient sich ihren Lebensunterhalt nicht selbst, sondern –« Abrupt brach sie den Satz ab.

»Sie meinen, sie wird von Abe Snelling ausgehalten? Er unterstützt sie doch nur, bis sie wieder einen Job in der Sozialarbeit gefunden hat.«

Mrs. Anthony seufzte. »Der auch?«

»Was?«

»Nichts. Einen Job als Sozialarbeiterin, wie? Ich habe sie immer davor gewarnt, diesen Beruf zu studieren. Man ist viel zu sehr von der Regierung abhängig, und der Regierung kann man nicht trauen. Jetzt ist sie arbeitslos, genau wie ihr Vater, als die Fischerei kein Geschäft mehr war.«

»Janes Vater war Fischer?«

»Sein ganzes Leben lang. Er hatte nichts anderes gelernt. Und als die Fischerei kein Geschäft mehr war, hat er nicht gewußt, was er mit sich anfangen soll. Jetzt ist er tot, schon seit fast dreißig Jahren.« Ihre Worte waren wie ein trauriger Gesang, wie eine Grabrede, die sie in diesen dreißig Jahren immer und immer wiederholt hatte. »Ich habe mein kleines Mädchen ganz allein großziehen müssen, habe als Dienstmädchen gearbeitet für die sogenannten feinen Leute in Port San Marco. Ich habe dafür gesorgt, daß Jane alles hatte, genau wie die Kinder der anderen Leute. Und sie hat es mir vergolten. Mein Gott, wie sie es mir vergolten hat!« Sie lachte bitter.

Ich verhielt mich still, wollte nicht in die Erinnerungen eindringen. »Wie denn?« fragte ich endlich leise.

»Ich habe etwas Geld gespart, wollte sie auf die Kunstschule in Port San Marco schicken, damit sie sich als Photographin ausbilden läßt. Sie hätte zu Hause leben und studieren können, vielleicht mit einer Nebenbeschäftigung. Aber nein, sie mußte unbedingt aufs College, mußte hinauf nach San Jose. Und dann hat sie immer diese verrückten Ideen gehabt von sozialer Verantwortung und so, und sie wollte für solche Menschen arbeiten, die weniger glücklich sind als sie. Das waren genau ihre Worte: ›weniger glücklich als ich‹. Wenn sie jemandem helfen wollte, der weniger glücklich war als sie, dann hätte sie nur ihrer eigenen Mutter zu helfen brauchen.«

Sie schwieg, und ich setzte mich wieder auf das Sofa. »Wann ist Jane zurückgekommen von San Jose?«

»Nachdem sie ein Jahr lang mit Säufern und Rauschgiftsüchtigen gearbeitet hat. Ich dachte, damit wäre bei ihr der Traum von der sozialen Verantwortung geplatzt. Aber nein, sie mußte sich einen Job im ›The Tidepools‹ besorgen, weil sie noch nicht genug hatte und wieder für ›Unglückliche‹ arbeiten wollte. Unglücklich, von wegen.«

»Warum sagen Sie das so bitter?«

»Um dorthin zu kommen, muß man reich sein. Reich und sterbenskrank. Aber wird einem die Arbeit für diese Leute gelohnt? Von wegen. Jane mußte noch nebenher arbeiten, in einer Klinik für Rauschgiftsüchtige. Und sie war nicht die einzige. Ihre Freundin Liz hat auch nebenher gearbeitet – in einer Apotheke. Und wofür hat Jane dieses zusätzliche Geld ausgegeben? Ist sie vielleicht gelegentlich zu mir gekommen und hat mich unterstützt? Nein, sie ist in ein teures Apartment nach Port San Marco gezogen und hat was mit diesem Don angefangen. Oh, Don war in Ordnung, das ist mir inzwischen klargeworden. Sie hat schon viel schlimmere Mißgriffe getan...« Sie verstummte, schaute ins Leere und ließ dabei vermutlich alle Männer vor ihrem geistigen Auge vorüberziehen, die ihrer Meinung nach schlimmer waren als Don.

»Mrs. Anthony«, fragte ich, »wie heißt Don mit Familiennamen?«

Sie schüttelte den Kopf. »Lassen wir das. Ich möchte ihn nicht hineinziehen.«

»Vielleicht hat sie ihn besucht?«

»Nein, Don bestimmt nicht. Er will nichts mehr von ihr wissen. Nach allem, was sie ihm angetan hat.«

»Was hat sie ihm denn –«

»Nein.« Sie schüttelte energisch den Kopf. »Das ist vorbei. Ich will ihn in Ruhe lassen.«

Ich seufzte. »Sie haben also keine Ahnung, wo sie sein könnte?«

»Ich habe keinen Schimmer, und es ist mir auch egal.« Aber der Ausdruck in ihren Augen verriet, daß es ihr ganz und gar nicht gleichgültig war. »Warum müssen Sie eigentlich mit ihr sprechen? Geht es um einen Job?«

Es tat mir weh, sie enttäuschen zu müssen. »Nein. Um ehrlich zu sein, Mrs. Anthony – ich kenne Ihre Tochter gar nicht.«

Ihre traurigen Augen starrten mich verblüfft an. »Aber Sie sagten doch –«

»Ich bin Privatdetektiv. Abe Snelling hat mich engagiert, damit ich Jane finde. Sie hat vor einer Woche sein Haus verlassen, ohne ihm zu sagen, wohin sie geht, und Abe fürchtet, es könnte ihr etwas zugestoßen sein.«

»Ein Privatdetektiv.« Sie wiegte langsam den Kopf hin und her. »Was für Jobs die Mädchen heutzutage haben... Dieser Abe Snelling – ist er ein Liebhaber von Jane?«

»Sie sind meines Wissens nur Freunde.«

»Das ist gut. Sie hat niemals viele wirkliche Freunde gehabt, wissen Sie. Sie hat auch nicht hierher ins Dorf gepaßt. Die anderen Kinder fanden, daß sie irgendwie anders war... Und wahrscheinlich haben sie recht gehabt. Ich bin froh, daß sie einen Freund wie Abe Snelling hat.«

»Ich auch, Mrs. Anthony.« Ich stand auf.

Auch Mrs. Anthony erhob sich aus ihrem Schaukelstuhl. »Sie müssen mich für eine schlechte Mutter halten, Miss McCone.«

»O nein.«

»Sie müssen verstehen – ich liebe meine Tochter.«

»Davon bin ich überzeugt.«

»Wenn ich sie nicht liebte, würde sie mich nicht immer wieder so wütend machen.«

»Natürlich. Das ist mir klar.«

Sie schaute mir in die Augen, während sie die Hand schon auf dem Türknopf hatte. »Haben Sie Kinder, Miss McCone?«

»Nein.«

»Dann können Sie das nicht verstehen.«

»O doch, ich verstehe es durchaus. Ich habe eine Mutter.«

Während ich hinausging zur Straße, ließ Mrs. Anthony die Jalousie schon wieder herunter. Das erinnerte mich an Abe Snelling, der sich nach Einbruch der Dämmerung in seinem einsamen Haus verschanzte.

Kapitel 5

Ich fuhr zurück zum Motel und rief Snelling an, um ihm zu berichten, was ich bisher herausgefunden hatte. »Es sieht also so aus«, schloß ich, »als ob es Jane gutgeht und sie, wenn ihr der Sinn danach steht, mit Ihnen in Kontakt treten wird.«

Daraufhin entstand eine Pause. »Bis jetzt war das bedauerlicherweise nicht der Fall. Obwohl ihre Mutter ihr schon gestern abend meine Nachricht bestellt hat.«

»Vermutlich hält sie es für nicht so dringend.«

»Ja, vermutlich.« Wieder zögerte er. »Sharon, sie muß sich irgendwo in der Umgebung von Port San Marco aufhalten. Da Sie schon dort sind, könnten Sie sich nach ihr umschauen?«

»Das kann ich, aber ich fürchte, das kostet Sie eine Menge Geld und bringt Ihnen nicht viel.«

»Ich wäre Ihnen trotzdem dankbar, wenn Sie es versuchen. Und machen Sie sich keine Gedanken über die Kosten. Versuchen Sie, Jane zu finden – ich muß mit ihr reden.«

Snelling ging es offenbar darum, mit Jane zu sprechen; das schien ihm wichtiger zu sein als die Versicherung, daß es ihr gutgehe. Aber worauf kam es ihm an? Nun, das brauchte mich im Grunde nicht zu interessieren, und wenn er bereit war, mich für meine Recherchen zu bezahlen, hatte ich nichts dagegen, seine verschwundene Mitbewohnerin ausfindig zu machen. Außerdem machte es mir Spaß, einmal eine Weile der Stadt den Rücken zu kehren. »Okay«, erklärte ich mich einverstanden, »also werde ich mich weiter nach ihr umsehen.« Dann fiel mir dieser Mann namens Don ein. »Abe, hat Jane jemals von einem früheren Freund namens Don gesprochen?«

»Don? Nein, der Name sagt mir nichts.«

»Fabelhaft. Es muß Hunderte von Dons in der Gegend geben.«

»Glauben Sie, Jane ist bei ihm?«

»Ihre Mutter bezweifelt es, aber es ist eine Möglichkeit.«

»Warum fragen Sie nicht Mrs. Anthony, wie er heißt und wo er wohnt?«

»Sie wollte es mir nicht sagen.«

Sein resigniertes Seufzen war deutlich zu hören. »Mütter...«

Dann fiel mir jemand ein, der es vielleicht wußte und es mir auch sagen würde. »Abe, kennen Sie eine Freundin von Jane mit dem Namen Liz Schaff?«

Er schwieg einen Augenblick. »Liz – wie?«

»Schaff. S-c-h-a-f-f.«

»Ich erinnere mich nicht.«

Also hatte Liz die Wahrheit gesagt, als sie behauptet hatte, Snelling nicht zu kennen. Dennoch seltsam, daß Jane ihre Freundin nie zu sich eingeladen hatte. Aber ihre Mutter hatte ja gesagt, daß Jane nicht leicht Freundschaften schloß; vielleicht pflegte sie solche auch nicht so, wie andere das taten.

»Wer ist diese Liz?« fragte Snelling.

»Sie ist Krankenschwester im General Hospital in San Francisco. Sie hatte eine Verabredung zum Mittagessen mit Jane, und Jane ist nicht aufgetaucht. Deshalb machte sich Liz Sorgen um sie.«

»Wie sind Sie auf diese Liz gestoßen?«

»Das würde jetzt zu weit führen.« Ich schaute auf meine Armbanduhr. »Hören Sie, Abe, ich überprüfe ein paar Dinge und melde mich dann wieder, wahrscheinlich noch heute abend.«

»Okay.« Er schien nur ungern das Gespräch beenden zu wollen. »Halten Sie mich auf dem laufenden.«

Ich meldete ein zweites Gespräch nach San Francisco an, mit der Nummer, die mir Liz auf ihren Einkaufszettel gekritzelt hatte. Liz meldete sich nach dem dritten Klingeln.

»Es ist ein Zufall, daß Sie mich erreichen«, sagte sie, als ich meinen Namen genannt hatte. »Normalerweise arbeite ich von mittags bis um acht, aber ich bin heute einen Tag krank.«

»Hoffentlich nichts Ernsthaftes.«

»Nur eine Erkältung. Haben Sie Jane gefunden?«

»Sie ist irgendwo in der Umgebung von Port San Marco; das heißt, sie hat zumindest gestern abend ihre Mutter besucht.«

»Dann geht es ihr gut.«

»Ich vermute, ihre Mutter hätte wohl bemerken müssen, wenn etwas nicht in Ordnung gewesen wäre.«

»Darauf würde ich mich nicht verlassen. Was sagen Sie zu Salmon Bay?«

»Nicht viel. Aber ich nehme an, Sie haben beide recht getan, von dort wegzuziehen. – Liz, ich habe eine Frage an Sie. Kennen Sie einen früheren Freund von Jane namens Don?«

»Klar, Don Del Boccio. Er ist Diskjockey in Port San Marco, beim Sender KPSM.«

»Kann es sein, daß sie ihn besucht?«

»Das bezweifle ich. Nicht, nachdem sie –«

»Nachdem was?«

»Nun, sie haben vor einer Weile miteinander Schluß gemacht.«

»Mrs. Anthony wollte nicht darüber sprechen. Sie deutete an, Jane habe ihm etwas Schlimmes angetan.«

Liz kicherte. »Schon möglich. Jane geht nicht gerade zart um mit ihren Freunden.«

»Nun, ich glaube, ich sollte mich auf alle Fälle mit ihm unterhalten.

Danke für die Information.« Und ich legte auf, bevor sie das Gespräch weiter ausdehnen konnte.

Im Büro des Motels kaufte ich mir eine Lokalzeitung, dann ging ich hinaus und schlenderte zu dem Restaurant, wo ich am Abend zuvor gegessen hatte. Während ich auf mein Essen wartete, warf ich einen Blick auf das Radioprogramm. Die Sendung ›Dons tägliche Treffer‹ lief von zwei Uhr mittags bis acht Uhr abends; ein Diskjockey hatte hier was zu leisten für sein Geld. Da es fast zwei Uhr war, entschied ich mich, das Gespräch mit Del Boccio bis zum Abend aufzuschieben und am Nachmittag das Hospiz ›The Tidepools‹ zu besuchen, auf die Chance hin, daß Jane bei ihrem früheren Arbeitsplatz vorbeigeschaut hatte. Nachdem ich im Wagen saß, schaltete ich die Station KPSM ein.

Del Boccios Stimme ertönte, und sie kündigte die Goldenen Top-hits aus den vierziger Jahren an. Er versprach, sie alle zu spielen, ohne Werbeeinblendungen, und das während der nächsten sechs Sunden. Er hatte eine hektische Art, die Titel anzusagen, die vermutlich dem Stil des Rocksenders angepaßt war, mir aber geradezu körperliches Unbehagen verursachte. Nach ein paar Minuten schaltete ich das Radio ab. Es reichte mir zu wissen, daß er bis acht Uhr unabkömmlich war; ich brauchte ihm nicht auch noch zuzuhören. Und während sich Del Boccio in die Herzen der Teenager röhrte, plärrte und hustete, bestand für mich vielleicht die Chance, Jane ein paar Schritte näherzukommen. Falls es mir gelang, sie zu finden, brauchte ich mich gar nicht mehr um diesen Del Boccio zu kümmern.

Das Hospiz ›The Tidepools‹ war so beeindruckend, wie Liz es beschrieben hatte. Ein weitläufiger, flacher Bau mit verwitterten, grauen Holzschindeln, der sich in mehreren Flügeln auf einer Klippe hoch über dem Pazifik erstreckte. Es gab riesige Glasfronten, die einen hinreißenden Blick auf die Brandung unterhalb der Klippe bieten mußten; Eukalyptushaine und windgebeugte Zypressen standen zerstreut auf dem gepflegten Parkgelände, und die sich sanft neigende Rasenfläche war sattgrün und gepflegt. Ich parkte auf der Zufahrt und ging zu Fuß zum Hauptgebäude, dessen Fenster hinter hohen Wacholderhecken versteckt waren.

Durch eine schwere, reich geschnitzte Holztür betrat ich eine Halle im spanischen Stil mit rostrotem Terracottaboden. Die Rückwand war ganz aus Glas und öffnete sich auf einen Hof mit einem blauen Mosaikbrunnen und Fuchsien in Hängeampeln. Die Frau am Empfang entsprach dem Dekor: Sie war eine dunkle Schönheit und erinnerte an eine junge Indianerin, die in der *hacienda* die *rancheros* bediente.

Ich gab ihr meine Visitenkarte und fragte nach dem Leiter der Personalabteilung. Sie telephonierte, sprach mit gedämpfter Lautstärke, legte den Hörer auf und schaute zu mir auf. »Mrs. Bates ist momentan in einer Besprechung. Aber bitte, sehen Sie sich hier doch etwas um, während Sie warten – es wird nicht länger als eine Viertelstunde dauern.«

Ein Spaziergang war mir jedoch lieber, als auf einem der harten, holzgeschnitzten Stühle in der Empfangshalle zu warten. Also ging ich in den Hof hinaus. Eukalyptusbäume umgaben die Zufahrt von beiden Seiten, und weiter im Hintergrund, wo ich den Rand der Klippe vermutete, beugten sich Gruppen von Zypressen im Wind. Ich überquerte den kurzgeschnittenen Rasen auf die Klippe zu. Hier befand sich eine hölzerne Plattform mit Korbmöbeln, und zwei weißhaarige ältere Damen saßen dort, unterhielten sich und strickten dabei. Sie sahen keineswegs krank aus und schon gar nicht bedrückt oder verängstigt. Als sie mich erblickten, nickten sie mir freundlich zu und setzten ihr Gespräch fort.

Ich schaute hinunter auf das Meer. Gewaltige schwarze Felsblöcke ragten zu beiden Seiten des befestigten Strandes aus dem ruhigen Wasser auf. Eine Treppe verlief an der Seite der Klippe von der Plattform zum Strand. Ich ging hinunter und erkannte den Pegel der Flut am Seegras und den Muscheln am Strand. Bei Flut stand der ganze Strand unter Wasser, selbst die Felsblöcke waren dann nicht mehr zu sehen, und die Brandung, die dagegenschlug, mußte überaus gefährlich sein. Ich zog Stiefel und Socken aus und ging über den Sand bis ans Wasser, steckte eine Zehe hinein, und es war genauso kalt, wie ich es erwartet hatte.

Na und? Schließlich war ich in San Diego geboren und am Meer aufgewachsen. Ein Spaziergang am Strand ohne durch das Wasser zu waten, wäre für mich lächerlich gewesen, und außerdem wollte ich mir die Gezeitenprile ansehen, die dem Hospiz den Namen gegeben hatten. Ich krempelte die Hosenbeine hoch und watete hinaus zum Fuß der Klippe.

Die Felsen waren glatt unter meinen Füßen. Ich bückte mich und schaute in eine der Höhlen hinein, die aus dem Riff ausgewaschen waren. Kleine Fische schossen in einem der Tümpel hin und her, und Seesterne und Seeanemonen klammerten sich an den Rand. Diese Gezeitenpriele – Mikrokosmen des unendlichen Ozeans – hatten mich seit jeher fasziniert. Ich betrachtete die stille Wasserfläche ein paar Minuten lang, dann wurde mir klar, daß es allmählich Zeit wurde für mein Gespräch mit Mrs. Bates.

Die weißhaarigen Ladys waren verschwunden, als ich zurückkam. Ich setzte mich auf einen Korbstuhl und klopfte mir den Sand von den Füßen, bevor ich Socken und Stiefel wieder anzog. Dann ging ich zurück zum Hauptgebäude. Als mich die Empfangsdame sah, telephonierte sie rasch, und Minuten später kam eine schlanke Frau mit elegant frisiertem, grauem Haar und einem maßgeschneiderten schwarzen Kostüm durch einen Bogengang in die Halle.

»Ms. McCone? Ich bin Ann Bates, die Leiterin der Personalabteilung.« Sie streckte mir ihre Hand entgegen.

Ich schüttelte sie. »Ich danke Ihnen, daß Sie sich Zeit genommen haben, mit mir zu sprechen.«

»Ich höre, Sie sind Privatdetektivin.« Sie warf einen Blick auf meine Karte, die sie in der anderen Hand hielt.

»Ja. Ich untersuche das Verschwinden einer Ihrer früheren Angestellten.«

Sie zog eine Augenbraue in die Höhe. »Wer könnte das sein?«

»Jane Anthony. Meines Wissens war sie bis vor acht Monaten hier als Sozialarbeiterin angestellt.«

Ann Bates legte die Stirn in Falten. »Ja, das ist richtig. Aber warum kommen Sie jetzt zu uns?«

»Offenbar hält sich Jane irgendwo in der Gegend von Port San Marco auf. Ich dachte, sie hätte vielleicht mal hereingeschaut, um sie zu besuchen, vielleicht auch, um nach ihrem alten Job zu fragen. Seit sie von hier weg ist, hat sie keine Anstellung mehr gefunden.«

»Ich habe Jane nicht gesehen seit dem Tag, als sie hier Schluß gemacht hat.« Sie sprach irgendwie abgehackt, und es klang so, als ob Jane bereits tot wäre.

»Nun, immerhin haben Sie Jane ein wenig gekannt. Vielleicht können Sie mir irgend etwas sagen, was mir einen Hinweis auf ihren derzeitigen Aufenthaltsort geben könnte.«

»Ich bezweifle, daß ich Ihnen da behilflich sein kann.«

»Eine andere Ihrer früheren Angestellten, Liz Schaff, erwähnte gewisse Unstimmigkeiten, die es gegeben habe, bevor sie hier weggegangen war. Hatte das auch mit Jane zu tun?«

Ann Bates warf einen Blick über die Schulter auf die Empfangsdame, die unser Gespräch mitangehört hatte. Die Frau senkte rasch den Blick auf ein Buch, das vor ihr lag. »Ich weiß nicht, was sie mit Unstimmigkeiten gemeint haben kann«, sagte Mrs. Bates ausweichend.

»Ich auch nicht, aber sie hat es so ausgedrückt. Können Sie sich nicht erinnern –«

»Ms. McCone, ich habe keine Ahnung, worauf Ms. Schaff da angespielt haben könnte. Und ehrlich gesagt, muß ich dieses Gespräch jetzt abbrechen. Ich kann Ihnen nicht helfen, und es ist gegen die Politik unseres Hauses, mit Dritten über unsere Angestellten, geschweige denn unsere damaligen Angestellten, zu sprechen.«

»Sicher können Sie in diesem Fall eine Ausnahme machen. Jane wird seit einer Woche vermißt.«

»Ich dachte, Sie sagten, daß sie hier in dieser Gegend sei. Wie kann sie vermißt sein, wenn Sie wissen, wo sie sich aufhält?«

»Ich weiß es nicht, ich vermute es. Bitte –«

»Es liegt nicht in meiner Macht, Ausnahmen zu machen.«

»Wer könnte das denn zulassen?«

Sie schaute mich verblüfft an.

»Na, Sie haben doch sicher einen Vorgesetzten.«

»Die einzige Person, die hier über mehr Autorität verfügt als ich, ist unser Direktor, Doktor Allen Keller.«

»Dann lassen Sie mich mit ihm sprechen.«

»Er ist heute nicht zu erreichen.«

»Wann ist er zu erreichen?«

Sie machte eine ungeduldige Geste mit der einen Hand und warf wieder einen Blick auf die Empfangsdame, die den Kopf über das Buch gesenkt hielt. »Doktor Keller hat eine Woche Urlaub genommen.«

»Ist er zu Hause?«

»Das könnte sein.«

»Dann lassen Sie mich ihn dort anrufen. Es ist wichtig.«

»Für Sie vielleicht, aber nicht für Doktor Keller. Seine Nummer steht nicht im Telephonbuch, und ich bin nicht berechtigt, sie an irgend jemanden auszugeben.«

»Sollte Doktor Keller nicht selbst bestimmen können, was für ihn wichtig ist und was nicht?«

Sie errötete. »In diesem Fall kann ich mit Sicherheit für ihn urteilen.« Sie ging zur Tür und hielt sie mir auf. »Und nun, Ms. McCone, muß ich Sie bitten, dieses Haus zu verlassen.«

»Ich danke Ihnen für Ihre *Hilfe*.« Verärgert folgte ich der Aufforderung. Hinter mir fiel die Tür ins Schloß.

»Eingebildetes Luder«, sagte ich laut, aber niemand konnte mich hören, nur eine Möwe stolzierte über den Rasen. Ich schaute sie wütend an, während ich zu meinem Wagen ging. Allen Keller hatte vielleicht eine Nummer, die nicht im Telephonbuch stand, dachte ich, aber es gab Mittel und Wege, seine Adresse herauszufinden.

Kapitel 6

Nachdem ich mein Zimmer in dem Motel aufgesucht hatte, blätterte ich im Branchenverzeichnis und suchte die Nummern der exklusiv klingenden Herrenausstatter heraus. Offenbar war Allen Keller bei den zwei ersten, die ich anrief, unbekannt, aber die Buchhalterin beim dritten reagierte mit Betroffenheit, als ich mich als Kellers Sekretärin ausgab und fragte, warum er seine letzte Monatsabrechnung nicht erhalten habe.

Sie überprüfte ihre Unterlagen und meldete sich ein paar Minuten später wieder am Apparat. »Die Rechnung ist am achtundzwanzigsten abgeschickt worden, Ma'am.«

»Wie seltsam. Haben Sie die Rechnung an die Beach-Walk-Adresse geschickt?« Beach Walk war einer der wenigen Straßennamen von Port San Marco, an den ich mich erinnerte.

»Nein, sondern an den Sea View Drive.«

»Sea View Drive sechsundneunzig?«

»Nein, siebenundsiebzig.«

»Jetzt ist mir alles klar.« Ich notierte mir die Adresse und fügte mit einer Spur schlechten Gewissens hinzu: »Das hätte geändert werden müssen. Die Adresse lautet jetzt Beach Walk sechsundneunzig. Kümmern Sie sich darum, daß das berücksichtigt wird.«

»Selbstverständlich, Ma'am.« Erleichterung klang aus ihrer Stimme.

Ich kannte mich nicht gut genug in Port San Marco aus, um zu wissen, wo sich der Sea View Drive befand. Auf der Karte der Umgebung im Büro des Motels fand ich die Adresse in einer offenbar neu errichteten Wohnanlage südöstlich des Ortszentrums. Ich suchte mir die günstigste Route dorthin aus und machte mich dann auf den Weg zu Dr. Keller.

Die Wohnanlage war ein Labyrinth aus neu angelegten Straßen, die sich in Spiralen um die mit kalifornischen Eichen bewachsenen Hügel wanden. Ich folgte dem Sea View Drive hinauf. Von der Höhe aus konnte ich einen herrlichen Blick auf den gesamten Küstenstreifen genießen. Kellers Haus glich einem Arrangement von einzelnen Würfeln aus Glas und Holz, die in verschiedenen Ebenen zueinander standen; die Holzschindeln waren noch nicht verwittert, und das Ganze erinnerte mich an ein etwas aufwendiges Kartenhaus, das im nächsten Augenblick einstürzen konnte.

Der stattliche blonde Mann, der an die Tür kam, trug einen blauen Bademantel und Pantoffeln. Er war um die Vierzig und hatte mindestens dreißig Pfund Übergewicht. Sein aufgeschwemmtes Gesicht und die blutunterlaufenen Augen verrieten, daß er dem Alkohol ebenso wenig abgeneigt war wie gutem Essen. »Was wollen Sie?« fragte er mürrisch.

»Ich suche Doktor Allen Keller.«

»Der bin ich.«

»Mein Name ist Sharon McCone. Ich bin Ermittler, das ist meine Berufsbezeichnung, bei der All-Souls-Rechtshilfe in San Francisco.« Ich hielt ihm meinen Dienstausweis entgegen.

Er warf angewidert einen Blick darauf. »Sind Sie eine Art von Detektiv?«

»Ja. Ich versuche –«

»Geht es um meine Scheidung?«

»Nein, ich –«

»Denn, wenn es sich darum handelt, können Sie Arlene mitteilen, sie hat bereits alles, was sie jemals bekommen wird, und braucht sich nicht mehr weiter zu bemühen.«

»Es geht nicht um Ihre Scheidung.«

»Mir sind die Gesetze über Gütergemeinschaft gleichgültig. Ich habe das alles selbst aufgebaut, es ist alles mein Verdienst, und sie kann –«

Ich wurde lauter. »Aber, es geht nicht um Ihre Scheidung!«

»Ach.« Keller, dem die Luft ausgegangen zu sein schien, musterte mich genauer. »Eigentlich sehen Sie auch nicht aus wie die Sorte Detektive, die mich im vergangenen Jahr bespitzelt haben. Und es waren, weiß Gott, genug. Sind Sie sicher, daß Sie nicht im Auftrag von Arlene hier sind?«

»Völlig sicher. Ich habe Ihre Frau nie kennengelernt.«

»Da haben Sie nicht viel versäumt.« Er schaute nachdenklich drein. – »Sagen Sie, können Sie Spiegeleier braten?«

»Ob ich was kann –?«

»Spiegeleier braten.«

»Ja, sicher, aber was hat das zu tun mit –«

»Kommen Sie rein.« Er öffnete die Tür ganz und bat mich ins Haus.

Ich war unschlüssig, dann zuckte ich mit den Schultern und betrat eine große Diele. Keller schloß die Tür und ging voraus.

»Ich mag sie, wenn das Eigelb noch weich ist«, sagte er über die Schulter. »Aber ich hab' jedesmal den Dotter kaputtgemacht.« Ich folgte ihm, und er führte mich in eine große weiß geflieste Küche. Sie war makellos sauber bis auf den Herd, der mit Eierschalen übersät war. Ein halbgares Ei mit ausgelaufenem Dotter brutzelte in einer Bratpfanne, in Fett schwimmend. In der Spüle lagen weitere zerschlagene Eier. Keller deutete auf den Herd. »Sehen Sie zu, ob Sie zurechtkommen. Und bedienen Sie sich, wenn Sie Hunger haben.«

Alle guten Vorsätze vergessend, wenn es ums Essen ging, nahm ich die Einladung mit Freuden an; immerhin war es fast fünf Uhr, und mein Krabbensalat war nicht übermäßig gewesen. »Danke, gern.«

Keller öffnete den Kühlschrank. »Ein Bier?«

»Ja, bitte.« Ich machte mich am Herd zu schaffen.

»Die Haushaltshilfe hat ihren freien Tag.« Er stellte das Bier neben mich. »Und ich bin eine totale Niete im Kochen. Übrigens, da Sie ja angeblich nicht mir an den Kragen wollen, was untersuchen Sie denn eigentlich?«

»Später. Lassen Sie mich erst die Spiegeleier braten.«

Wir nahmen an einer weißblau eingerichteten Frühstücksecke Platz. Als sich Keller mir gegenüber niedergelassen hatte und wieder eine Bierdose öffnete, betrachtete ich ihn etwas genauer. Im Schein des hellen Deckenlichts kam sein aufgedunsenes Gesicht noch stärker zur Geltung, und unter seinen Augen waren bläuliche Ringe zu erkennen. Er schien einer von jenen Ärzten zu sein, die ihre Ratschläge für Patienten selbst nicht ernst nehmen. Ich fragte mich, ob er schon immer so gewesen war, oder ob das die Folgen einer schmerzhaften Scheidung waren.

Als wir gegessen hatten, nahm ich Snellings Photo von Jane Anthony aus meiner Handtasche. »Erinnern Sie sich an diese Frau?« Ich reichte Keller das Photo.

Er warf einen Blick darauf, und seine Augen weiteten sich vor Überraschung. »Das ist Jane.«

»Ja, Jane Anthony.«

»Warum zeigen Sie mir ihr Photo?«

»Sie wird vermißt, und der Mann, bei dem sie wohnt, hat mich engagiert, um sie ausfindig zu machen.«

»Aber...« Er brach ab und trank einen kräftigen Schluck Bier.

»Aber, was?«

Keller strich sich mit einer Hand durch sein blondes Haar. »Warum kommen Sie da zu mir?«

»Sie ist eine ehemalige Angestellte von ›The Tidepools‹. Mrs. Bates hat sich geweigert, mir über sie Auskunft zu erteilen. Ich dachte, vielleicht können Sie ein wenig Licht in die Sache bringen, damit ich wenigstens weiß, wo ich nach ihr suchen soll.«

»Aha.« Keller stocherte wie abwesend auf seinem Teller herum. »Ich verstehe. Ja, wissen Sie, ich würde Ihnen gern helfen, aber Miss Anthony war nur eine von vielen Angestellten. Ich habe nur wenig Kontakt zum eigentlichen Pflegepersonal, und ich fürchte, ich kann Ihnen so gut wie gar nichts Persönliches über Miss Anthony sagen. Außerdem ist es ja schon eine ganze Weile her, seit ich sie zuletzt gesehen habe.«

Genau das war es, was ich befürchtet hatte. Ich seufzte enttäuscht, nahm das Photo und steckte es wieder in meine Handtasche. Aber da ich schon einmal hier war, konnte ich wenigstens versuchen, herauszufinden, was das für mysteriöse Unstimmigkeiten waren, über die bisher keiner mit der Sprache herausrücken wollte. »Erzählen Sie mir ein bißchen über ›The Tidepools‹, Doktor Keller«, bat ich ihn. »Sind Sie der Direktor, oder gehört Ihnen vielleicht die ganze Einrichtung?«

»Ich bin Mitbesitzer, zusammen mit Mrs. Bates, die die kaufmännische Direktorin und Leiterin der Personalabteilung ist.« Keller hatte sein Spiegelei kalt werden lassen. Für einen Mann seiner Statur war sein Appetit rasch geschwunden – aber das rührte vermutlich vom Alkohol. Er stocherte mit der Gabel auf dem Teller und aß einen Bissen, dann schob er Gabel und Teller beiseite.

»Und die Bezeichnung lautet ›Hospiz‹?« fragte ich.

»Ja. Es ist ein Konzept, das seit einiger Zeit in England sehr populär ist und hier in Amerika in der Mitte der siebziger Jahre bekannt wurde. Wir helfen Menschen, die unheilbar krank sind, ihr Leben so erfüllt und lebenswert zu Ende zu führen, wie das unter den Umständen möglich ist. Unsere Philosophie geht davon aus, daß der Tod nur eine Stufe des menschlichen Seins darstellt. Man sollte ihm mit Würde begegnen, und wir helfen unseren Patienten dabei, dieses Ziel zu erreichen.«

»Und wie unterscheidet sich ein Hospiz, sagen wir von einem Krankenhaus oder Sanatorium?«

»Nun, wie gesagt, alle unsere Patienten leiden an unheilbaren Krankheiten. Wir wollen und können keine Versuche unternehmen, sie zu heilen. Statt dessen erleichtern wir ihnen die Schmerzen durch spezielle Medikamente, die wirksam sind, ohne daß die Patienten dadurch in eine Art Dämmerzustand geraten. Außerdem ermutigen wir die Angehörigen, so viel wie möglich mit den Patienten zusammen zu sein. Jeder Patient wird von einem Team, das aus einem Arzt, einer Krankenschwester, einem Sozialhelfer und einem besonders ausgebildeten Freiwilligen besteht, betreut. Alle Beteiligten und der Patient kommen einander menschlich sehr nahe; es herrscht eine ungewöhnlich warme, herzliche Atmosphäre.«

»Das muß sehr teuer sein. Ich meine, wenn jeder einzelne Patient über einen ganzen Stab von Helfern verfügen kann.«

Keller zuckte mit den Schultern. »Krankheit ist noch nie billig gewesen.«

»Dann müssen Ihre Patienten vermögende Leute sein.«

»Nicht alle. Wir nehmen auch Patienten auf, die uns von Versicherungen geschickt werden. Und es besteht immer die Möglichkeit eines speziellen Arrangements.«

»Zum Beispiel?«

»Sie interessieren sich in bemerkenswerter Weise für unsere Einrichtung.« Er lächelte, aber ich fühlte, daß er jetzt auf der Hut war. »Wenn jemand, sagen wir, nicht genügend flüssiges Geld hat, aber ein Haus besitzt oder andere Werte, dann bitten wir ihn, ein Testament zu unseren Gunsten aufzusetzen. Nach seinem Tod können wir dann in Höhe der entstandenen Kosten Anspruch auf sein Vermögen erheben, und zwar vorrangig. Was dann noch übrigbleibt, erhalten seine Erben.«

»Ich verstehe. Nun, ich kann mir vorstellen, daß es eine Erleichterung ist, seine letzten Tage im ›The Tidepools‹ zu verbringen.«

»Das kann ich Ihnen versichern. Wir tun wirklich unser Bestes.«

»Übrigens, eine andere Ihrer früheren Angestellten – Liz Schaff – erwähnte gewisse Unstimmigkeiten, die aufgetreten seien, kurz bevor sie und Jane Anthony das Hospiz verließen.«

Keller zog die Stirn in Falten. »Unstimmigkeiten?«

»Ja, sie wollte sich nicht näher darauf einlassen.«

Seine Augen verrieten Unsicherheit. »Wann haben diese beiden Frauen das Hospiz verlassen?«

»Ich würde sagen, vor acht Monaten bis einem Jahr.«

»Das erklärt alles.«

»Dann wissen Sie, was Miss Schaff gemeint hat?«

»Ja, aber es war eigentlich nicht der Rede wert. Es wundert mich, daß sie es überhaupt erwähnt hat. Es hatte übrigens nichts mit Miss Schaff oder Miss Anthony zu tun.«

»Was war es dann?«

»Ein Problem mit einem der Patienten. Oder genauer, mit einem Familienmitglied eines unserer Patienten. Ich möchte nicht näher darauf eingehen, vor allem, da es sicher nicht wieder vorkommen wird.«

Wegen einer unbedeutenden Angelegenheit verhielten sich alle Beteiligten sehr nervös, wenn man sie darauf ansprach. »Dennoch hätte ich gern gewußt –«

»Ich sage Ihnen, Miss McCone, es war nichts von Bedeutung.« Keller warf einen unmißverständlichen Blick auf seine Armbanduhr und erhob sich dann. »Es ist schon nach sechs, und ich habe um sieben eine Verabredung.«

Ich stand ebenfalls auf. »Vielen Dank, daß Sie sich so viel Zeit genommen haben, um mit mir zu reden.«

»Und ich danke Ihnen für die Demonstration Ihrer großartigen Fähigkeiten als Köchin.«

Ich warf einen skeptischen Blick auf seinen fast unberührten Teller und folgte Keller durch die Diele zur Haustür. Als ich schon vor dem Haus stand, fiel mir noch etwas ein. »Ach, übrigens, Sie müssen gleich morgen früh bei Ross Brothers anrufen, Ihrem Herrenausstatter.«

Er schaute mich verständnislos an.

»Ich will nicht ins Detail gehen, aber man hat dort eine falsche Adresse von Ihnen. Bitte lassen Sie sie berichtigen.«

»Eine falsche Adresse?«

»Mhm.«

Auf sein breites Gesicht trat plötzlich ein verschmitztes Lächeln. »Das muß etwas damit zu tun haben, wie Sie mich gefunden haben. Mrs. Bates hat Ihnen meine Adresse ganz bestimmt nicht verraten.«

»So ist es.«

»Aber, ich darf keine Fragen stellen?«

»Genau.«

Damit ließ ich Allen Keller auf der Treppe seines Hauses stehen, während er mir nachblickte, mit einem leicht amüsierten Lächeln um die Lippen. Die Würfelkonstruktion des Gebäudes erinnerte mich wieder an ein kompliziertes Kartenhaus, und ich fragte mich, ob die Scheidung und die Gesetze über den gemeinsamen Güterstand der Ehegatten es nicht doch noch zum Einsturz bringen würden.

Kapitel 7

Ich hatte noch zwei Stunden Zeit, bevor ich Don Del Boccio nach seiner Sendung erreichen konnte. Während ich langsam durch die dämmrigen Straßen von Kellers Viertel fuhr, überlegte ich, ob ich in mein Motel zurückkehren sollte – doch dann entschied ich mich anders und bog nach Norden in Richtung Salmon Bay ab. Sylvia Anthony hatte behauptet, nicht zu wissen, wo sich ihre Tochter aufhielt, aber ich glaubte ihr nicht. Vielleicht konnte ich sie doch noch davon überzeugen, daß es besser war, wenn sie es mir anvertraute, oder ich konnte ihr zumindest noch eine Nachricht von Snelling an ihre Tochter übergeben. Möglicherweise gelang es mir auch, das Gespräch auf diese geheimnisvolle Affäre im ›The Tidepools‹ zu bringen, eine unbeantwortete Frage, die mich inzwischen mehr und mehr beschäftigte.

Als ich die Hydrangea Lane erreichte, parkte ein heller kleiner Wagen in Mrs. Anthonys Einfahrt. Das Haus selbst lag im Dunkeln. Ich ging zur Tür, trat versehentlich auf eine Hortensienblüte, die über eine der Stufen hing, und klopfte an. Von drinnen war kein Laut zu vernehmen.

Ich drehte mich und warf einen Blick auf den Wagen in der Einfahrt, fragte mich, ob es vielleicht Janes Wagen war. Snelling hatte gesagt, sie fahre einen weißen Toyota. Der Wagen war zwar ein japanisches Fabrikat, aber Snelling hatte auch hinzugefügt, daß für ihn alle Wagen außer seinem Volkswagen gleich aussehen. Ich ging die Treppe wieder hinunter und versuchte, eine der Wagentüren zu öffnen. Abgeschlossen. Ich schaute hinein, aber weder vorne noch im Fond lag irgend etwas, was einen Hinweis auf den Besitzer gegeben hätte.

Ich blickte mich um und schaute die Straße auf und ab. In den meisten der anderen Häuser brannte Licht, und aus einem hörte ich das Heulen der Sirenen und das Hupen und Quietschen von Autoreifen – wohl eine Krimiserie im Fernsehen. Ansonsten war es still; keine Hunde, die bellten, keine Kinder, die schrien, keine Musik und kein Lachen. Eine Stille der Verlassenheit, die mich sehnsuchtsvoll an die lebhafte, leichtlebige Betriebsamkeit in San Francisco denken ließ.

Ich ließ meinen Wagen stehen und ging zurück zu der Straße, die zum Dock führte. ›Roses Krabbenhütte‹, ein verwittertes Gasthaus, auf Stelzen über dem Wasser erbaut, hatte geöffnet, und ich ging hinein. An einer Wand entlang erstreckte sich eine lange Theke mit Barhockern, gegenüber standen ein paar Tische mit Stühlen. Eine Schiefertafel verkündete die Preise für Bier und Hamburger.

Der einzige Gast war der bärtige Fischer, mit dem ich am Vormittag auf der Bootswerft gesprochen hatte. Er warf mir einen Blick zu, dann stand er auf, warf ein paar Münzen auf die Theke und ging. Ein zerbrechlich wirkender alter Mann mit schütterem weißen Haar saß auf einem Klappstuhl neben dem Grill. Er hob den Blick von seiner Zeitung und schaute mich prüfend an. Ich bestellte eine Tasse Kaffee. Der Kaffee schmeckte scheußlich, und ich gab zwei Teelöffel Zucker hinein in der Hoffnung, den bitteren Geschmack damit zu übertünchen.

Dann räusperte ich mich und sagte: »Interessanter kleiner Ort, das hier.« Es klang lächerlich in meinen Ohren.

»Nee.«

»Wie bitte?«

»Ich sagte: Nee. Das einzig Interessante hier ist das Fernsehen, jetzt, wo die Sommerwiederholungen vorbei sind.«

»Aha.«

Er nahm wieder seine Zeitung zur Hand. »Heute sind natürlich Sie hier das Interessanteste.«

»Was?« Ich hörte auf, meinen Kaffee umzurühren, und legte den Löffel beiseite.

»Ich weiß nicht, ob hier schon mal ein Privatdetektiv herumgeschnüffelt hat. Aber bestimmt noch nie eine Frau, die Privatdetektiv ist.«

»Woher wissen Sie –«

»John Cala hat es mir gesagt.«

»John Cala?«

»Der eben gegangen ist.«

Der Fischer natürlich. »Und woher weiß er es?«

»Von Sylvia Anthony. Er wohnt gleich nebenan.«

»Kümmert sich hier denn jeder um jeden?«

Er zuckte mit den Schultern. »Warum nicht? So bleiben wir wenigstens ehrlich.« Dann raschelte die Zeitung, und der Kopf des Alten verschwand dahinter.

Ich blieb noch eine Weile sitzen und nippte noch zweimal an meinem Kaffee. Er war ungenießbar. Dann ging ich zurück zu Sylvia Anthonys Haus, wobei ich das Gefühl hatte, von den Blicken sämtlicher Bewohner des Dorfes verfolgt zu werden. Es war kurz nach halb acht; wenn Mrs. Anthony noch immer nicht zurück war, wollte ich nach Port San Marco fahren und versuchen, mit Don Del Boccio zu reden.

Ich hatte die Ecke der Nebenstraße erreicht, die zur Hydrangea Lane führte, als ich Schritte hörte. Jemand näherte sich im Laufschritt aus der Richtung des alten Piers. Ich blieb stehen und erblickte eine bullige Gestalt. Als sie näherkam, erkannte ich den Fischer, John Cala. Ich streckte ihm eine Hand entgegen, um ihn aufzuhalten.

»He«, rief ich, »was ist denn los?«

Er stieß meine Hand zur Seite und rannte weiter. Als er an mir vorbeilief, konnte ich einen Blick auf sein Gesicht werfen – ein Gesicht, das von Angst verzerrt war. Er bog in die Seitenstraße ein, wollte vermutlich zu seinem Haus.

Was hatte das zu bedeuten? Als ich am Vormittag mit ihm gesprochen hatte, war mir John Cala nicht wie ein Mann erschienen, der leicht die Nerven verliert. Aber jetzt hatte etwas ihm ganz offensichtlich eine Todesangst eingejagt. Ich mußte wissen, was der Grund dafür war.

Ich wollte ihm folgen, doch dann wurde mir klar, daß er bereits einen viel zu großen Vorsprung hatte. Und ich wußte ja nicht, ob er wirklich nach Hause lief. Also änderte ich meine Absicht und ging statt dessen auf den Pier zu. Cala konnte nur aus dieser Richtung gekommen sein.

Der Pier lag düster in der nachtschwarzen Dämmerung. Ich schaute mich um; keine Menschenseele. Ich trat hinaus auf die Planken und versuchte, ob sie mein Gewicht tragen würden. Trotz seines heruntergekommenen Aussehens war der Pier noch stabil. Unter mir klatschte das Wasser gegen die Pfosten, aber sonst hörte ich nichts. Ich ging bis ans Ende und schaute auf das schwarze Wasser hinunter. Hier, in der Bucht, war die Brandung kaum zu spüren. Weit draußen sah ich die Lichter eines Schiffs. Der Horizont war eine kaum noch zu erkennende Linie. Als ich gerade gehen wollte, hörte ich ein leises, klopfendes Geräusch.

Ich lauschte gespannt. Da war es wieder. Es schien vom anderen Ende des Piers herüberzudringen, aus dem Wasser. Ich suchte in der Handtasche nach meiner Taschenlampe, die ich immer bei mir trug, und ging zurück; dabei leuchtete ich zwischen den Planken nach unten und suchte die Wasseroberfläche ab.

Dann sah ich sie. Die Gestalt lag halb im Wasser, halb an Land. Der Teil, der im Wasser lag, stieß mit der sanften Dünung immer wieder gegen den Stützpfosten. Ich bückte mich über den Rand der Planken und richtete den Strahl der Taschenlampe auf die Gestalt. Es war eine Frau mit Jeans und einem weiten weißen Pullover bekleidet. Sie lag mit dem Gesicht nach unten, ein Arm war ausgestreckt, und ihr Körper lag von der Hüfte abwärts im Wasser. Mir stockte der Atem, dann lief ich bis ans Ende des Piers, kletterte hinunter und kroch dann unter dem Pier auf die Frau zu.

Ihre Hand, als ich sie berührte, war kalt. Ich versuchte am Handgelenk ihren Puls zu fühlen. Ich legte einen Finger auf die Stelle der Halsschlagader. Nichts. Dann faßte ich die Gestalt an den Schultern und drehte sie um.

Und schaute in das leblose Gesicht von Jane Anthony.

»Nein!« stieß ich hervor. Das Wort dröhnte in meinen Ohren.

Was konnte passiert sein? Ich nahm meine Taschenlampe und richtete den Lichtstrahl auf Jane. In Brusthöhe ihres weißen Pullovers entdeckte ich einen roten Fleck. Sie war also nicht in der Dunkelheit vom Pier gestürzt und hatte sich dabei vielleicht das Genick gebrochen. Sie war ermordet worden. Erstochen. Oder erschossen.

Ich suchte die nähere Umgebung nach der möglichen Tatwaffe ab, fand aber nichts. Als ich mich erhob, begann mein Puls plötzlich zu rasen, und ich fürchtete einen Augenblick lang, ich würde einen Schock erleiden. Polizei. Ich mußte die Polizei rufen. Ich erinnerte mich, eine Telephonzelle gesehen zu haben vor der Shorebird Bar. Hastig kletterte ich wieder hinauf aufs Land und begann zu laufen.

Wie zu befürchten, gab es im Ort keinen Notruf. Der Mann in der Vermittlung verband mich mit der Polizei in Port San Marco. Ich nannte meinen Namen und Beruf und wo ich auf die Polizei warten würde, dann verließ ich die Telephonzelle. Bis die Polizei eintraf, mußte ich der

Versuchung widerstehen, in die Bar hineinzugehen und einen Schluck zu trinken.

Es dauerte zehn Minuten, bis ich die Sirenen hörte, und als der Polizeiwagen vorfuhr, standen einige Männer um mich, die neugierig aus der Bar gekommen waren. Ich stieg in den Streifenwagen ein und wies den Beamten den Weg zum Pier. Die Männer folgten zu Fuß.

Ich zeigte ihnen, wo Janes Leichnam lag. Dann kehrte ich zum Polizeiwagen zurück. Ein Kriminalbeamter in Zivil namens Barrow sprach kurz mit mir und bat mich, später für ein ausführlicheres Gespräch zur Verfügung zu stehen. Ein Krankenwagen traf ein, dann ein Wagen mit den Männern vom Polizeilabor. Die Zahl der Neugierigen wurde größer.

Der Wagen in Sylvia Anthonys Einfahrt mußte also doch Janes Wagen gewesen sein! Also hatte Jane ihre Mutter noch einmal besucht. Aber wo war Mrs. Anthony? Warum hatte Jane diesen verlassenen Pier aufgesucht? Und was war mit dem Fischer, den ich an mir hatte vorbeilaufen sehen? Hatte er Janes Leiche entdeckt? Oder war er derjenige, der...

Die Polizei hatte tragbare Scheinwerfer aufgestellt; sie tauchten die Szenerie in grelles Licht, als die Sanitäter die Leiche aus dem Wasser zogen und an Land trugen. Die Menge der Schaulustigen bewegte sich vorwärts wie ein einziger Mann. Gespannte Gesichter, die gierig einen Blick auf die Tote erhaschen wollten. Jung und alt, Männer und Frauen, alle zeigten den gleichen Ausdruck einer unverhohlenen Sensationslust.

Mein Zorn wuchs, je länger ich sie beobachtete, und ich war dabei, mich angewidert abzuwenden, als mein Blick sich mit dem aus zwei dunklen, vertrauten Augen traf. John Cala und ich starrten uns ein paar Sekunden lang an, dann trat er zurück und tauchte in der Menge unter.

Kapitel 8

Als ich die Polizeistation von Port San Marco kurz nach Mitternacht verließ, begegnete ich einem Kriminalbeamten in Zivil, der Sylvia Anthony hereinführte. Die Beamten hatten sie, wie mir Lieutenant Barrow zuvor mitgeteilt hatte, bei einem Bingoabend der Kirchengemeinde entdeckt, und mittlerweile hatte sie vermutlich ihre Tochter identifiziert. Mit John Cala hatte die Polizei kein solches Glück gehabt; der Fischer war und blieb verschwunden. Barrow hatte Erkundigungen eingeholt, und dabei hatte sich herausgestellt, daß John Cala über ein beträchtliches Vorstrafenregister verfügte, darunter eine Verurteilung wegen schwerer Körperverletzung.

Mrs. Anthony hielt den Kopf gesenkt, und sie klammerte sich an den Arm des Kriminalbeamten. Sie schien zerbrechlicher und älter, als sie mir bei unserer ersten Begegnung vorgekommen war. Als ich auf sie zuging, blickte sie auf. Ihre Augen waren rotgerändert, aber tränenlos, und die Falten der Bitterkeit, die ich zuvor schon bei ihr bemerkt hatte, schienen jetzt noch tiefer in ihr Gesicht eingegraben.

Sie sagte: »Lassen Sie mich in Ruhe.«

Ich blieb stehen.

»Gehen Sie weg«, beschimpfte sie mich. »Wenn Sie hier nicht herumgeschnüffelt hätten, wäre mein Mädchen noch am Leben.«

Der Kriminalbeamte zog die Augenbrauen hoch, schüttelte den Kopf in meine Richtung und steuerte dann mit Mrs. Anthony in Richtung auf den Wachraum. Ich schaute den beiden nach, dann ging ich hinaus zu meinem Wagen. Feiner Nebel hing um die Lampen auf dem Parkplatz, und die Windschutzscheibe meines Wagens war von der Feuchtigkeit beschlagen. Ich stieg ein und schaltete die Heizung ein, dann blieb ich sitzen und wartete, bis die Scheiben klar wurden. Ich konnte nichts tun, als zurückzufahren in mein Motel und Snelling anrufen. Mein Fall war zu Ende – aber war er das wirklich? Vielleicht wollte Snelling, daß ich die Sache noch weiterverfolgte und beobachtete, was die Polizei in der Mordsache Jane ermittelte.

Als ich mein Zimmer betrat, sah ich, daß der rote Knopf an meinem Telephon leuchtete; das bedeutete, daß für mich eine Nachricht am Empfang hinterlegt war. Eine schläfrige Stimme an der Rezeption richtete mir aus, ich solle Hank Zahn anrufen. Es war zwar schon spät, aber ich wußte, daß mein Chef sehr lange im Büro zu bleiben pflegte, also wählte ich zuvor Snellings Nummer. Doch dort ging keiner an den Apparat.

Seltsam, dachte ich. Wo konnte der einsiedlerisch lebende Photograph um ein Uhr morgens sein? Ich versuchte es noch einmal, um sicher zu gehen, daß ich die richtige Nummer gewählt hatte, aber das Ergebnis war dasselbe. Sehr seltsam. Ich dachte eine Zeitlang darüber nach, kam zu keinem Ergebnis und rief daraufhin Hank an.

Er meldete sich am Apparat, und seine Stimme klang so frisch, als ob es neun Uhr vormittags wäre. Hank war ein drahtiger Mann, dessen schlaksiger Körper nicht viel mehr zu brauchen schien als Kaffee und die gräßlichen Dinge, die er sich in der Küche von All Souls selbst zusammenbraute. Sein scharfer Geist nahm alle erdenklichen Informationen auf, wobei er aus allen zugänglichen Quellen schöpfte, Zeitungen aus mehreren größeren Städten, Vorlesungen wenig bekannter Experten über die Grenzwissenschaften, selbst das, was auf den Pappkartons der Cornflakes stand, die er zum Frühstück verspeiste. Weder sein Geist noch sein Körper brauchten viel Schlaf.

»Ich habe nur angerufen, um zu hören, wie die Untersuchung läuft.«

»Nicht gut.«

»Wie das?«

»Die Frau, die ich für Snelling finden sollte, ist tot. Ermordet.«

Daraufhin entstand eine Pause. »Du gerätst aber wirklich immer in Schwierigkeiten – muß ein besonderes Talent sein.«

»Ja.« In den drei Jahren, die ich für All Souls arbeitete, war ich sechsmal mit Mordfällen in Berührung gekommen. Jane Anthony war der siebte Fall. »Es ist deprimierend. Die Mutter des Opfers meint, wenn ich nicht herumgeschnüffelt hätte, wäre ihre Tochter noch am Leben.«

»Und glaubst du das?«

»Nein. Es war ein rein emotionaler Ausbruch.«

»Aber es klingt so, als ob du dich doch mitschuldig fühlst.«

Ich zuckte mit den Schultern, dann wurde mir klar, daß Hank das ja nicht sehen konnte. »Vom Verstand her bin ich nicht der Ansicht. Gefühlsmäßig – wer weiß?«

Hank schien zu fühlen, daß ich nicht näher darüber sprechen wollte. »Tut mir leid, daß es so gekommen ist. Wann kommst du zurück?«

»Vielleicht morgen. Nachdem ich Snelling meinen Bericht erstattet habe, melde ich mich.«

»Okay.« Wieder eine Pause. »Und, Shar –«

»Ja?«

»Versuch jetzt, ein bißchen zu schlafen.«

»Klar. Bis dann.« Ich legte auf, saß eine Weile auf dem Bett und starrte gedankenverloren auf einen Riß in der Wand. Dann stand ich auf, zog mich aus und schlüpfte unter die Decke.

Lange Zeit konnte ich nicht einschlafen. Ich wälzte mich im Bett hin und her, knüllte die Kissen zusammen und versuchte, nicht an den leblosen Körper von Jane Anthony zu denken. Als ich schließlich eindöste, erwachte ich bald darauf aus einem schrecklichen Alptraum und war schweißgebadet. Da das graue Licht der Morgendämmerung schon durch die Vorhangspalten hereindrang, entschied ich mich, den Versuch, Schlaf zu finden, aufzugeben und setzte mich im Bett auf, um nachzudenken.

Schließlich stand ich auf, schluckte drei Aspirin gegen meine Benommenheit und nahm eine Dusche. Das half wenig. Als ich angezogen war, nahm ich das Telephon zur Hand und rief bei Snelling an. Ich ließ es klingeln, aber niemand kam an den Apparat.

Was nun? fragte ich mich. Zurück in die Stadt? Aber wenn Snelling – falls ich ihn irgendwann erreichte – den Wunsch hatte, daß ich die Sache weiterverfolgte? Also entschloß ich mich erst einmal zu frühstücken und dann Don Del Boccio aufzusuchen, wie es meine Absicht gewesen, bevor Janes Leichnam gefunden worden war.

Die Adresse des Diskjockeys stand im Telephonbuch. Er wohnte im alten Kern der Stadt, nicht weit vom Hafen entfernt. Die Häuser im Zentrum waren ›Paläste‹ aus weißgetünchtem Holz, erbaut von den Familien, die in den Tagen reich geworden waren, als hier die Fischerei noch blühte. Jetzt hatte man die Häuser in einzelne Wohnungen unterteilt oder in Pensionen verwandelt.

Ich drückte auf Del Boccios Klingel, und augenblicklich summte der automatische Türöffner. Ich betrat eine Art Foyer mit Parkettboden, von dem eine große Treppe von der Mitte der Halle nach oben führte. Da alle Türen im Parterre geschlossen waren, ging ich zur Treppe und schaute hinauf. Ein Mann mit einem schmalen, sonnengebräunten Gesicht schaute zu mir herunter, und die Fülle seines schwarzen, gelockten Haars fiel ihm in die Stirn. Als er mich sah, zeigten die Lippen unter dem dichten Schnurrbart ein breites Grinsen.

»Eine hübsche junge Lady, die mich zu sprechen wünscht! Damit ist mein Morgen gerettet.«

Sein Lächeln wirkte ansteckend. »Wenn Sie das ehrlich meinen, ist der meine ebenfalls gemacht.«

»Sie sind wirklich hier, um mich zu sprechen?«

»Wenn Sie Don Del Boccio sind?«

»Der bin ich. Handelt es sich um einen Fanbesuch?«

»Ich wollte, es wäre so.« Ich nannte ihm meinen Namen und erklärte ihm, daß ich für All Souls in San Francisco arbeitete.

Er schaute mich überrascht an, bat mich aber, heraufzukommen. Ich ging bis zum Treppenabsatz im zweiten Stock, wo er vor einer offenen Tür wartete. Er war ungefähr einsachtzig groß, ein bißchen untersetzt und trug ausgebleichte Jeans und ein kariertes Flanellhemd. Als ich oben angekommen war, schaute er mich prüfend an, wobei in seinen braunen Augen ein anerkennender, aber nicht herausfordernder Ausdruck stand. Dann wandte er sich um und sagte: »Kommen Sie doch herein.«

Ich folgte ihm in einen großen, von der Sonne durchfluteten Raum. Ein Teil des Raumes, der Tür gegenüber, war als Küche eingerichtet und durch eine Frühstücksecke mit Hockern davor vom übrigen Wohnraum abgetrennt. Rechts davon befand sich der Schlafplatz. Ein Flügel, ein Schlagzeug und eine Stereoanlage teilten sich den restlichen Platz mit Hunderten von Schallplatten, Stapeln von Büchern und einem großen blauen Teppich. Riesige Kissen lagen auf dem Boden verstreut, doch darüber hinaus gab es keinerlei Möbel.

Ich stand da und schaute mich um. Es war eines der anheimelndsten Apartments, das ich je betreten hatte. Wenn ich doch in San Francisco etwas finden könnte, das nur halb so hübsch wäre!

»Ein gemütliches Apartment«, sagte ich bewundernd.

»Danke. Bitte, nehmen Sie doch Platz, wenn es Ihnen nichts ausmacht, auf dem Boden zu sitzen.« Er ließ sich auf eines der Sitzkissen nieder. »Ich bin erst letzten Monat hier eingezogen, und mir gefällt die Wohnung. Ich habe immer von einem Apartment geträumt, wo ich alles, was ich zum Leben brauche, in einem Raum unterbringen kann. Ich kann vom Bett zum Klavier und vom Klavier in die Küche und von der Küche zu meinen Trommeln hüpfen und zurück. Das alles ohne die geringste Mühe. Wissen Sie, ich versuche, das Beste aus allem, vor allem meiner Freizeit, zu machen.«

Don Del Boccio redete im Privatleben genauso viel wie am Mikrophon des Radiosenders – allerdings bei weitem charmanter.

»Ich kann mir gut vorstellen, was Sie unter Freizeit verstehen«, sagte ich. »Man hat nie genug davon, und sie ist immer kostbar. Außerdem haben Sie vermutlich ungewöhnliche Arbeitszeiten, wegen Ihrer Sendung im Radio.«

Er schlug sich die Hand in einer übertriebenen Geste des Entsetzens vor die Stirn. »Mein Gott, sagen Sie bloß nicht, daß Sie sich das angehört haben!«

»Ich habe gestern nachmittag für zehn Minuten zugehört.«

»Zehn Minuten? Lange genug. Eine schreckliche Sendung. Ich hasse Rockmusik und diese dummen Werbespots und Teenager, die ständig anrufen. Ich trage während der ganzen Sendung Ohropax.«

Ich lachte. »Du lieber Himmel, wenn Sie diese Arbeit so hassen, warum tun Sie nicht etwas anderes?«

»Ich muß meine Brötchen verdienen und die Miete bezahlen. Wissen Sie, eigentlich bin ich Konzertpianist.« Er ›spielte‹ eine Tonleiter in der Luft. »Bedauerlicherweise bin ich kein besonders guter Pianist. Und außerdem macht der Job ja auch irgendwie Spaß. Verrückt, aber andererseits auch ganz lustig.«

Ein Freund von mir war früher ebenfalls Pianist gewesen – jetzt spielte er als drittklassiger Rockmusiker. Die Stellenangebote für Pianisten waren vermutlich noch rarer als die im sozialen Bereich. »Wo haben Sie studiert?«

»New York. Genau gesagt, in Rochester im Staate New York. An der Eastman-Musikakademie. Aber ich habe keinen Abschluß gemacht; dort oben war es so verdammt kalt, daß mir die Finger erfroren sind und ich überhaupt nicht spielen konnte. Also bin ich zurückgekehrt ins sonnige Kalifornien und zu einem Leben in den Niederungen der Kunst.«

»Aber Sie üben noch Ihre Musik aus.« Ich deutete auf den Flügel.

»O ja. Die ist meine erste Liebe.« Er hielt inne und sah mich direkt an. »Und was ist mit Ihnen? Sie sagten, Sie seien Privatdetektivin. Wie kann ich Ihnen helfen?«

Ich fand augenblicklich in die Wirklichkeit zurück; vermutlich hatte er noch gar nicht erfahren, daß Jane Anthony tot war. »Ich bin hier, um eine Vermißte zu suchen. Eine ehemalige Freundin von Ihnen – Jane Anthony.«

Seine Lippen zuckten unter dem buschigen Schnurrbart. »Hm. Janie.« Dann richtete sich sein Blick auf einen Punkt irgendwo hinter mir. »Seltsam, ich habe lange nicht an sie gedacht.«

»Dann haben Sie wohl keinen sehr engen Kontakt mehr mit ihr?«

»Eigentlich gar keinen mehr. Wir sind nicht mehr befreundet.«

»Warum nicht?«

Er schüttelte den Kopf. »Tut mir leid, aber das geht nur mich etwas an.«

»Vielleicht nicht ganz.«

»Was soll das heißen?«

»Ihre Beziehung zu Jane könnte auch die Polizei interessieren. Jane ist tot.«

Er richtete den Blick sofort wieder direkt auf mich. »Tot?«

»Sie wurde gestern abend ermordet, erstochen – am alten Pier in Salmon Bay.«

Er zuckte zusammen. »Das ist nicht möglich.«

»Es tut mir leid, aber es ist die Wahrheit.«

»Mein Gott.« Sein Gesicht nahm einen gequälten Ausdruck an, und er senkte den Blick zu Boden. »Wer hat es getan?«

»Das weiß man noch nicht.«

»Mein Gott. Janie.«

»Wollen Sie über sie sprechen?«

»Es gibt nicht viel darüber zu sagen. Wir sind ein paar Jahre miteinander gegangen. Sie war ein kluges Mädchen, verstand viel von Musik und Kunst, hatte eine Menge Interessen – Photographie, Science-fiction-Literatur. Sie hat gern gesegelt. Und sie war eine starke Persönlichkeit. Sie wußte, was sie vom Leben verlangte.«

Ich wartete ab, und da er schwieg, fragte ich: »Was war das?«

Er blickte auf und schaute mich an. In seinen Augen standen Tränen, und sie waren traurig. »Nun, jedenfalls nicht mich. Wenn sie mich gewollt hätte, dann säße sie jetzt hier neben mir.«

»Das klingt so, als ob Sie sie sehr geliebt hätten.«

»Ja, ich glaube, ich habe sie sehr geliebt.«

Wir saßen schweigend eine Zeitlang da, dann nahm ich meine Handtasche und wollte aufstehen. Del Boccio streckte mir abwehrend die Hand entgegen. »Nein, bitte gehen Sie nicht.«

»Ich dachte, Sie wollen jetzt vielleicht allein sein.«

»Nein, lieber nicht. Wie wär's, wenn ich uns ein Frühstück mache?«

Ich hatte zwar schon Kaffee getrunken und zwei Stück Toast gegessen, konnte aber dem Angebot nicht widerstehen. Außerdem war es möglich, daß mir Don Del Boccio etwas berichtete, was mein Bild von Jane noch ergänzte und mir vielleicht sogar einen Hinweis darauf geben konnte, wer einen Grund gehabt hatte, sie zu ermorden. »Also gut«, stimmte ich zu, »aber nur, wenn es Ihnen nicht zuviel Mühe macht.«

Er sprang auf, war offenbar froh darüber, sich ablenken zu können. »Sie sehen in mir einen der größten Köche der Welt, Madam. Nichts macht Del Boccio zuviel Mühe.«

Er ging zur Küchenzeile hinüber und begann herumzuhantieren, wobei er einen Monolog über seine Lieblingsrestaurants hielt, sowohl die hier in der Umgebung, als auch die in San Francisco. Ich fragte mich, ob er der Typ war, der sich stets wie auf der Bühne fühlte, oder ob das seine Art und Weise war, sich von Janes Tod abzulenken. Aber der ununterbrochene Wortschwall schien seine Kochkünste nicht zu beeinträchtigen, denn in kürzester Zeit hatte er ein köstliches Frühstück zustande gebracht und stellte es jetzt auf einem riesigen Tablett zwischen uns auf dem blauen Teppich ab. Ich schaute mit wachsendem Appetit auf die Rühreier mit Schinken, die Brötchen, den Käse und die Flasche trockenen Weißwein.

»Warum nicht ein bißchen üppig, auch wenn wir dazu auf dem Boden sitzen?« Er schenkte Wein in geschmackvolle Stielgläser und forderte mich auf zuzugreifen. Dann schmierte er sich ein Brötchen mit weißem Käse und fiel wieder in einen Monolog, diesmal über Port San Marco.

»Gefällt es Ihnen hier? Also, ich mag die Stadt, auch wenn sie sich sehr verändert hat seit meiner Kinderzeit. Früher war das der Heimathafen einer ganzen Fischerflotte. Manche Familien waren reich geworden, hatten die Gewässer hier seit vielen Generationen befischt. Dieses Haus ist von einer dieser Familien erbaut worden. Das müssen gute Zeiten gewesen sein! Aber das ist alles lange vorbei. Nicht einmal die reichsten Familien konnten der Konkurrenz der großen Gesellschaften standhalten, und Port San Marco mußte sein Überleben anderswo suchen.«

Ich wollte ihn fragen, wo, aber er fuhr gleich fort.

»Im Tourismus. Mit High-Tech-Firmen. Die Bauten auf den Hügeln sind die Folge davon. Diese Hügel, die noch vor nicht allzu langer Zeit mit Bäumen bestanden waren, wo Kühe und Pferde weideten... Sicher, es sind überwiegend komfortable Wohngebiete entstanden und gelegentlich sogar geschmackvolle Häuser – und Port San Marco war noch nie bekannt für seine besonders reizvollen Bauwerke... Der alte Vergnügungspark ist geschlossen und soll abgerissen werden. Angeblich soll dort ein Zentrum für die darstellenden Künste errichtet werden. Na schön – ich habe nichts dagegen, wenn ich nicht immer nach San Francisco fahren muß, um ein Konzert zu hören. Trotzdem wird mir der Park fehlen. Die Spielhallen. Die Fahrgeschäfte. Die Zuckerwatte. Die Wasserrutschbahn.«

Er schwieg, und ich nutzte die entstehende Pause. »Was wissen Sie über Salmon Bay?«

Ein düsterer Ausdruck trat in sein Gesicht. »Zurück bei der Arbeit, wie?«

»Ich kann nichts dagegen tun – es ist mein Job. Und Sie haben mich gebeten zu bleiben.«

»Das stimmt.« Er lächelte ein wenig traurig. »Entschuldigen Sie mich. Normalerweise plappere ich nicht einfach so daher, aber…«

»Ich verstehe.«

»Um Ihre Frage zu beantworten: Ich weiß eine ganze Menge über Salmon Bay. Ich bin, genau gesagt, dort geboren. Mein Vater war Fischer, und sein Vater auch… Er und meine Mutter leben noch in Salmon Bay. Ich sehe sie sehr selten.«

»Kein gutes Verhältnis?« Ich mußte an Janes Beziehung zu ihrer Mutter denken.

»So kann man es nicht sagen. Aber wir haben nicht viel Gemeinsames, und ich bin nur ungern dort. Die Leute in dem Nest haben ihren Haß zu sehr aufgestaut. Sie machen es Port San Marco zum Vorwurf, daß es kommerziell überlebt hat, während Salmon Bay unterging. Sie sitzen einfach herum, reden von der guten alten Zeit und versuchen, irgendwie zu überleben. Und sie verachten jeden, der es geschafft hat. Das, fürchte ich, gilt auch für mich.«

»Was ist mit ›The Tidepools‹? Was halten die Leute davon, daß es ganz in ihrer Nähe ist?«

Er zuckte mit den Schultern.

»Haben Sie Jane manchmal besucht, als sie dort gearbeitet hat?«

»Anfangs ja.«

»Und später?«

»Dann nicht mehr.«

»Wissen Sie etwas von den Problemen, die es dort gegeben hat?«

Er strich sich über den Schnurrbart.

»Bitte, Don. Ich muß wissen, was das gewesen ist, und niemand will es mir sagen.«

Er schenkte Wein nach. »Wie sind Sie dahintergekommen?«

»Durch eine Freundin von Jane, die auch dort gearbeitet hat.«

Er nickte.

»Sagen Sie es mir?«

»Warum nicht? Es ist schließlich kein Staatsgeheimnis.« Er nahm sein Glas, lehnte sich gegen ein Kissen und streckte die Beine aus. »Es hat einige Todesfälle gegeben, drei nacheinander. Überdosen der schmerzstillenden Medikamente, die sie dort anwenden. Bei den beiden ersten sah es so aus, als ob die Patienten die Medikamente gesammelt hätten, um sie dann als Überdosis einzunehmnen. Man hat dem Personal vorgeworfen, nicht sorgfältig genug aufzupassen. Und natürlich entstanden die üblichen Gerüchte.«

»Was für Gerüchte?«

»Daß jemand im Hospiz absichtlich ›unaufmerksam‹ gewesen ist und wollte, daß die Patienten – es waren beides alte Frauen ohne Angehörige – bald das Zeitliche segneten.«

»Aber warum?«

»Weil sie dem Hospiz ihr gesamtes Vermögen vermacht hatten.«

Ich erinnerte mich, daß Keller von gewissen Arrangements gesprochen hatte. »Aber Sie erwähnten drei Todesfälle.«

»Ja, der dritte Fall war anders. Eine junge Frau mit Krebs. Es schien Tötung auf Verlangen gewesen zu sein, durchgeführt von ihrem Mann, einem medizinisch-technischen Assistenten im Krankenhaus in Port San Marco.«

»Weshalb hat man das angenommen?«

»Er ist unmittelbar danach verschwunden. Mit einer Menge Geld. Man hat ihn übrigens bisher nicht ausfindig gemacht.«

»Das klingt eher nach Mord – wenn man an das Geld denkt.«

»Ja.«

»Glaubt man inzwischen, er könnte auch am Tod der beiden alten Frauen beteiligt gewesen sein?«

»Es gab gewisse Spekulationen, aber ich halte es nicht für wahrscheinlich.«

»Gab es daraufhin Schwierigkeiten für das Personal?«

»Eine ganze Zahl von Angestellten hat gekündigt, einschließlich Jane. Die Atmosphäre im ›The Tidepools‹ war nach diesen Vorfällen nicht mehr sehr angenehm.«

»Aber jetzt scheint es sich gebessert zu haben, zumindest nach Allen Kellers Meinung. Er sagte –«

Don richtete sich unvermutet auf. »Sie kennen Keller?«

»Ich habe einmal mit ihm gesprochen. Und Sie?«

»Ich kenne ihn kaum.« Aber sein Gesichtsausdruck hatte sich verdüstert, und seine Augen wirkten hart.

»Haben Sie etwas gegen ihn?«

»Ich sagte doch, ich kenne ihn kaum.«

»Aber –«

»Ich kenne ihn kaum, und ich weiß auch nichts weiter über ›The Tidepools‹. Abgesehen davon, was soll Keller mit Janies Tod zu tun haben?«

»Gar nichts, soviel ich weiß«, räumte ich ein. Wir beendeten schweigend das Frühstück. Als ich ging, begleitete mich Don nach unten. Ich stieg in meinen Wagen ein, und er bückte sich, um durch das Fenster zu sehen. »Hören Sie, selbst unter den Umständen war es mir ein Vergnügen, Sie kennengelernt zu haben. Besuchen Sie mich doch wieder, ja?«

»Ich möchte gern.«

»Ich mache Ihnen Vitello tonnato.«

»Klingt fabelhaft.«

»Meine Lasagne ist auch nicht schlecht.«

»Sie haben gewonnen.«

»Normalerweise rede ich nicht so viel.«

»Das habe ich mir gedacht.«

Er ließ eine Pause entstehen, dann drückte er meinen Arm und ging hinüber zu einem älteren Jaguar-Modell, das am Randstein parkte. Es war auffallend mit Goldbronze lackiert. Er stieg ein, ließ den Motor an und brauste winkend an mir vorbei.

Ich mochte Don Del Boccio. Er war klug und amüsant und sah so aus, wie ich mir immer einen gutaussehenden Mann vorgestellt hatte. Ich wünschte mir, ich säße neben ihm in dem Jaguar, und wir würden zum Vergnügen die Küste entlangfahren. Doch statt dessen mußte ich zurück in mein Motel und noch einmal versuchen, Kontakt mit Abe Snelling aufzunehmen.

Kapitel 9

Bevor ich Snelling anrief, erkundigte ich mich bei Lieutenant Barrow nach dem Stand der Ermittlungen. Er teilte mir mit, daß die Polizei John Cala gefunden hatte, der seinen Rausch auf dem Parkplatz einer Bar in der Nähe des ehemaligen Piers ausschlief. Der Fischer behauptete, Janes Leichnam entdeckt und dann in Panik durchgedreht zu haben, aber Barrow schien diese Erklärung nicht recht glauben zu wollen.

»Ich möchte wissen, warum er überhaupt dort draußen gewesen ist«, sagte er. »Angeblich hat er sich nur ein bißchen umgeschaut, aber dort gibt es nichts zu sehen, und auch nicht in der näheren Umgebung.«

»Konnten Sie die genaue Todeszeit feststellen?« fragte ich.

»Ungefähr eine Stunde vor dem Zeitpunkt, als sie gefunden wurde.«

»Könnten es weniger als fünfzehn Minuten gewesen sein?«

»Das bezweifle ich.«

»Warum?«

»Sie erklärten in Ihrer Aussage, der Leichnam sei kalt gewesen, als Sie ihn fanden. Obwohl er zur Hälfte im Wasser gelegen hat, ist es unwahrscheinlich, daß er in einer Viertelstunde so stark ausgekühlt wäre. Nein, ich würde davon ausgehen, daß der Tod etwa eine Stunde, bevor Sie das Mädchen fanden, eingetreten ist.«

»Dann kann Cala sie vermutlich nicht getötet haben. Ich vergaß es Ihnen gestern abend zu sagen, aber ich sah ihn in ›Roses Krabbenhütte‹, etwa fünfzehn Minuten, bevor ich auf den Pier hinausging. Er saß an der Theke und ging, sobald ich das Lokal betreten hatte. Aber er wirkte nicht erschreckt oder aufgeregt, jedenfalls nicht so wie später, als ich ihn vom Pier weglaufen sah.«

»Und warum sagen Sie mir das erst jetzt?«

»Ich habe es in der Aufregung vergessen. Entschuldigen Sie.«

»Hm.« Er ließ eine Pause entstehen. »War sonst noch jemand in der Krabbenhütte?«

»Nur der alte Mann hinterm Tresen. Er wird Ihnen bestätigen können, was ich Ihnen sagte; wir haben sogar kurz über Cala gesprochen.«

»Danke, ich werde es überprüfen.« Barrow war ein tüchtiger Kriminalbeamter, so professionell wie seine Kollegen in der Großstadt.

»Kann ich Port San Marco verlassen?« fragte ich.

»Wollen Sie zurück nach San Francisco?«

»Ja. Mein Auftrag scheint erledigt zu sein.«

»Dann fahren Sie. Ich weiß ja, wo ich Sie finde, falls ich Sie noch brauchen sollte.«

Ich legte auf. Cala sagte die Wahrheit, wenn er behauptete, Jane nicht umgebracht zu haben, aber warum war er hinausgegangen auf den alten Pier? Andererseits ging es mich nichts an. Die Polizei würde es schon herausfinden. Ich nahm den Hörer wieder ab und hoffte, daß ich Snelling jetzt erreichen konnte.

Der Photograph meldete sich nach dem ersten Klingeln. »Wurde ja langsam Zeit, daß Sie anrufen«, sagte er.

»Ich habe es versucht, gestern abend und dann wieder heute früh. Sie haben sich nicht gemeldet.«

»Oh. Ja, natürlich.«

»Wo waren Sie?«

»In der Dunkelkammer.«

»Die ganze Nacht?«

»Nein, natürlich nicht. Aber ich arbeite gern nachts, und dann schalte ich das Telephon ab, damit ich nicht meine Arbeit unterbreche. Und oft lasse ich es dann abgeschaltet, bis ich aufstehe, meistens gegen elf. Was haben Sie zu berichten?«

»Leider keine guten Nachrichten.« Und ich teilte ihm mit, daß Jane tot war.

Danach entstand längeres Schweigen. »Abe«, sagte ich schließlich, »sind Sie in Ordnung?«

Als er wieder sprach, klang seine Stimme schmerzverzerrt. »Tot! Aber das kann doch nicht sein! Was ist denn passiert?«

»Abe, ich weiß es nicht. Aber wenn Sie wollen, bleibe ich hier und verfolge die Ermittlungen der Polizei –«

»Nein!«

»Sie haben sich solche Sorgen um Jane gemacht. Wollen Sie nicht wenigstens wissen, wer sie getötet hat?«

»Das hat keine Bedeutung für mich. Verstehen Sie das nicht?«

»Nein. Nein, ich glaube, das verstehe ich nicht.«

»Jetzt ist doch alles egal. Alles. Ich muß jetzt weg, Sharon.« Es klickte, und er hatte den Hörer aufgelegt.

Ich legte ebenfalls auf und starrte den Apparat an, wobei ich mich über Snellings seltsame Reaktion wunderte. Ich hatte Trauer erwartet – weil er und Jane, wenn nicht verliebt, so doch gute Freunde gewesen waren. Aber aus seinen Worten klang Schock und Panik. Warum? fragte ich mich. Weil Snelling leicht aus dem Gleichgewicht geriet? Oder hing es damit zusammen, daß er Jane so dringend hatte sprechen wollen? Um das herauszufinden, mußte ich nach San Francisco zurückfahren.

Ich brauchte nur ein paar Minuten, um meine Sachen zu packen und das Zimmer zu bezahlen, und kurz darauf fuhr ich auf der Paßstraße, die in die Autobahn im Innern des Landes einmündete. Sobald ich mich vom Pazifik entfernte, wurde die Luft heiß und trocken und war erfüllt von dem durchdringenden Geruch der Eukalyptusbäume. Ich kurbelte die Fenster herunter, um etwas Zugluft zu schaffen. Es half wenig, um die Hitze zu vertreiben. Die Straße mündete in die Schnellstraße, und ich kam rasch voran.

In King City hielt ich an, um zu tanken und einen Schluck zu trinken. Die Limonade war klebrig-süß und machte mich erst recht durstig. Ich lehnte am Wagen, während ich trank, dann warf ich die noch halbvolle Dose in den Abfallkorb, stieg ein und fuhr weiter nach Norden auf der Route 101, durch den Engpaß bei San Jose, die Halbinsel hinauf und dann am Flugplatz vorbei und war zu Hause.

Watney begrüßte mich wütend vor Hunger, als ich die Wohnung betrat. Sein Freßnapf war leer, die Wasserschüssel trocken. Tim hatte offenbar vergessen, ihn zu versorgen. Das hatte es bisher noch nie gegeben, und während ich die Schüsseln füllte, fragte ich mich, ob das viele Bier, das unser Hausmeister in sich hineinkippte, schon die ersten Schäden wie Gedächtnisschwund bewirkt hatte. Nachdem der Kater versorgt war, schenkte ich mir ein Glas Wein ein und ging dann ins Wohnzimmer. Alles war wie sonst, das ungemachte Bett in der Schlafecke, die Zeitung mit den rot markierten Wohnungsanzeigen, die Bücher und

Zeitschriften auf dem Tisch. Ich wußte nicht, was ich anderes erwartet hatte, aber der Anblick erhöhte meine Unzufriedenheit.

Ich versuchte, Snelling anzurufen, in der Hoffnung, daß er sich inzwischen beruhigt hatte. Aber er meldete sich nicht. Ich rief meinen Auftragsdienst an und erhielt zwei Nachrichten: einen zweiten Anruf von Paula Mercer wegen der Wohnung, die sie für mich gefunden hatte, und einen zweiten Anruf meiner Schwester, wobei sie diesmal ihren Namen hinterlassen hatte. Patsy, das Sorgenkind der Familie. Sie lebte auf einer Farm in der Nähe von Ukiah, hatte drei Kinder – jedes von einem anderen Mann – und weigerte sich beharrlich zu heiraten. So sehr ich sie mochte, an diesem Abend verspürte ich kein Verlangen, mit ihr zu sprechen. Und so dringend ich eine neue Wohnung brauchte, ich wollte jetzt meine Zeit nicht damit verbringen, die von Paula Mercer vorgeschlagene zu besichtigen. Also ignorierte ich beide Anrufe, saß da, trank Wein und fühlte mich nervös und unzufrieden, während die Dunkelheit über die Stadt hereinbrach.

Am nächsten Morgen fuhr ich zu dem im viktorianischen Stil erbauten Holzhaus, in dem All Souls untergebracht war. Das Haus stand in einer Nebenstraße gegenüber einem Park, und wie immer gab es weit und breit keinen Parkplatz. Ich ließ schließlich meinen Wagen neben einem Hydranten stehen – die Politessen tauchten meist erst gegen Mittag auf – und lief die ausgetretene Treppe hinauf. Im Haus herrschte der übliche morgendliche Aufruhr: Anwälte, die nicht in den oberen Stockwerken wohnten, trafen ein; andere nahmen ihre Unterlagen und eilten zum Gericht. Hank stand am Empfang und unterhielt sich mit Ted, dem Sekretär, über eine Bestellung Büromaterial. Als Hank mich sah, murmelte er etwas über irgendwelche Dokumente und Notizen auf meinem Schreibtisch. Ich ging den Korridor entlang, doch dann rief er hinter mir her.

»Abe Snelling hat heute früh angerufen.«

Ich blieb stehen. »Was wollte er denn?«

»Er sagte, ich soll dir für deine gute Arbeit danken, und er bat uns, die Rechnung zu schicken.«

»Welchen Eindruck hat er gemacht?«

Hank zog die Stirn in Falten. »Normal. Warum?«

»Gestern war er ziemlich am Boden zerstört über den Tod seiner Untermieterin.«

»Dann scheint er sich rasch erholt zu haben. Heute morgen klang seine Stimme ganz geschäftsmäßig.«

Ich seufzte, war seltsamerweise verärgert über Snellings normales Verhalten und ging in mein Büro. Auf dem Schreibtisch lag ein dicker Umschlag mit Notizen über eine vorgerichtliche Besprechung wegen einer Mietauseinandersetzung. Ich zog meine Jacke aus und beschäftigte mich die nächsten Stunden ausführlich damit.

Dann fiel mir Liz Schaff ein. Ich hatte ihr versprochen, sie wissen zu lassen, was ich herausgefunden hatte. Vielleicht konnte sie mir doch etwas mehr über die Beziehung zwischen Jane und Snelling berichten. Sicher hatte Jane ihr mehr über ihn gesagt als nur den Namen. Ich nahm den Hörer ab, wußte, daß Liz nachmittags arbeitete, und rief daher bei ihr zu Hause an. Sie war einverstanden, sich mit mir zum Mittagessen zu treffen, und ich schlug das Blue Owl Café gegenüber dem Krankenhaus vor.

Liz erwartete mich an einem der Tischchen, als ich eintraf. Sie trug einen Mantel, denn es war empfindlich kühl. Die Herbstsonne schimmerte in ihrem hellblonden Haar. Es war einer jener kühlen, klaren Tage, die einen für den Sommernebel in San Francisco entschädigen, und die gestreiften Sonnenschirme und die Blumen auf den Tischen ergänzten die farbenfrohe Umgebung.

Als ich mich an den Tisch gesetzt hatte, fiel mir auf, daß Liz ein Glas Wein vor sich stehen hatte. Es überraschte mich, daß eine Krankenschwester vor dem Dienst Alkohol trank, doch dann sagte ich mir, daß das ja schließlich ihre Sache war. Auch ich bestellte ein Glas Wein, und wir entschieden uns beide für das angebotene Menü. Als der Kellner gegangen war, beugte sich Liz über den Tisch.

»Haben Sie Jane gefunden?«

»In gewisser Weise.«

»Was soll das heißen?«

»Ich bedaure, Ihnen mitteilen zu müssen, daß Ihre Freundin tot ist«, sagte ich geschäftsmäßig. »Ermordet. Ich habe sie vorgestern nacht gefunden.«

»Sie haben sie...« Liz wurde blaß. »Wo?«

»Kennen Sie den alten Pier in Salmon Bay?«

»Gott, natürlich. Als wir zur Schule gingen, sind wir dort mit den Jungs herumgelungert, haben Bier getrunken und allen möglichen Unsinn gemacht.«

»Ich glaube nicht, daß sie deshalb dorthingegangen ist. Jemand hat sie erstochen und dann halb im Wasser, unter dem Pier liegengelassen.«

Liz trank ihr Glas aus, machte dem Kellner, der sie zu kennen schien, ein Zeichen und ließ sich ein zweites Glas bringen. Dann wischte sie sich über die Augen. »Jemand? Weiß die Polizei denn nicht, wer?«

»Nein. Kennen Sie einen Fischer namens John Cala?«

»Ja. Er ist auf die gleiche Schule gegangen wie wir. Er war immer ein wilder Kerl und hat Ärger gemacht, damals.«

»Die Polizei hat ihn zunächst verdächtigt. Aber er hat ein Alibi.«

»Warum haben sie John verdächtigt?«

»Er hat den Leichnam vor mir gefunden, hat es aber nicht gemeldet. Er ist ebenfalls hinausgegangen auf den alten Pier. Ich gäbe was darum, wenn ich wüßte warum.«

Liz schien nachzudenken. »Wann ist das alles passiert? Vorgestern abend?«

»Ja. Gegen acht Uhr.«

»Und die Polizei hat John festgenommen?«

»Er dürfte inzwischen wieder frei sein.«

»Und er sagt nicht, was er dort gewollt hat?«

»Nein.«

»Mein Gott, wie entsetzlich.« Sie trank einen Schluck und bekam wieder Farbe im Gesicht. »Und was unternimmt die Polizei sonst?«

»Das übliche, denke ich.«

»Und Sie?«

»Mein Auftrag ist beendet. Abe Snelling braucht meine Dienste nicht mehr.«

»Ich verstehe.« Liz schwieg, während der Kellner unser Essen servierte, doch sie schien keinen Appetit mehr zu haben.

»Liz«, fragte ich, »was hat Ihnen Jane über ihre Beziehung zu diesem Snelling erzählt?«

»Nichts – nur, daß er ein Freund ist und ihr hilft.«

»Sonst nichts? Wie sie ihn kennengelernt hat, vielleicht etwas über ihr gemeinsames Interesse an der Photographie?«

»Gar nichts. Ich habe nicht einmal gewußt, daß er Photograph ist, bis Sie es neulich erwähnten. Und natürlich hätte Jane nicht mit mir über Photographie gesprochen – sie wußte, daß ich keine Ahnung habe, wo man bei einer Kamera durchschauen muß.«

»Wie gut waren Sie mit Jane befreundet?«

»Oh, wir standen einander ziemlich nahe. Wir haben bei ›The Tidepools‹ gearbeitet und oft einen Schluck nach der Arbeit getrunken. Manchmal sind wir auch miteinander zum Essen gegangen.«

»Und hier, in San Francisco?«

»Wir haben uns gelegentlich getroffen.«

»Nachdem diese Patienten gestorben sind, haben Sie als erste das Hospiz verlassen, nicht wahr?«

Ihre Augen drückten Erstaunen aus. »Das haben Sie also auch herausgefunden?«

»Es war nicht schwer. Ich würde sagen, die Sache ist bekannt.«

»Ja, das kann man behaupten.«

»Die Person, die mir von den Todesfällen erzählte, hat mir auch berichtet, daß man dort eine bestimmte Droge verwendet«, sagte ich, »ein Schmerzmittel, das bei Überdosis tödlich ist.«

»Hören Sie, ich möchte lieber nicht darüber reden.«

»Sagen Sie mir nur, was das für ein Medikament war. Dann lassen wir das Thema auf sich beruhen.« Ich wußte nicht genau, warum mich diese Sache so sehr beschäftigte, aber ich fühlte instinktiv, daß ich herausfinden mußte, was dahintersteckte.

Liz seufzte. »Es ist eine Variation von dem, was man ›Bromptons Mischung‹ nennt. Ein Mittel, das in England entwickelt wurde. Es besteht aus Morphin, Alkohol und einem der Phenothiazine.«

»Der – was?«

»Thorazin, Compazin oder – hören Sie, das kann doch nicht wichtig sein für Sie.«

Ich mußte zugeben, daß es mir nichts sagte. »Aber die Mischung ist stark genug, um jemanden töten zu können?«

»Natürlich, wenn man es in größerer Dosis zu sich nimmt. Und das haben diese Patienten getan.«

»Wie sind sie an diese Dosen herangekommen?«

»Die Polizei meint, sie haben von ihrer täglichen Dosis immer etwas abgezweigt und aufgehoben.« Liz verzog das Gesicht. »Zu dem Schluß sind sie allerdings erst gekommen, nachdem sie dem Personal die Hölle heiß gemacht haben. Aber sie haben selbst festgestellt, daß der Apotheker des Hospizes die Medikamente unter strenger Kontrolle gehalten hat. Es war ausgeschlossen, daß jemand mehr als die zugelassene Dosis erhielt.«

»Kannten Sie denn einen der Patienten, die damals an der Überdosis gestorben sind?«

»Ich kannte alle drei. Aber ich arbeitete nicht bei dem medizinischen Team, das für sie eingeteilt war.«

»Und Jane?«

»Ich weiß nicht...« Sie hielt inne, und ein seltsamer Ausdruck trat auf ihr Gesicht.

»War sie dabei?«

»Ich glaube. Ich bin nicht sicher, ob sie mit allen dreien gearbeitet hat, aber auf jeden Fall war sie Barbara Smith als Sozialhelferin zugeteilt.«

»Welche war Barbara Smith?«

»Die letzte, deren Mann –« Sie schaute auf ihre Armbanduhr. »Ich muß jetzt zur Arbeit.«

»Liz –«

»Ich muß gehen.« Sie stand auf und legte Geld auf den Tisch. »Danke, daß Sie mich wegen Jane benachrichtigt haben.« Sie ging rasch hinaus auf die Straße. Ich blickte ihr nach, wie sie die Straße überquerte.

Mein Blick fiel auf meine Aktenmappe, die neben mir am Boden stand. Ich hätte ins Rathaus gehen und die Dokumente einreichen sollen. Ich hätte Jane Anthony und ›The Tidepools‹ vergessen sollen. Wenn ich mich beeilte, konnte ich den Rest des Tages noch nutzen, mir eine neue Wohnung zu suchen.

Doch statt dessen fuhr ich zu Abe Snellings Haus.

Kapitel 10

Als ich den schon halb abgerissenen Block am Potrero Hill erreicht hatte, hatte ich mir eine Strategie zurechtgelegt, wie ich besser an Snelling herankommen würde. Wie die meisten Künstler hegte der Photograph eine Leidenschaft für seine Arbeit und liebte es, darüber zu sprechen. Immerhin – hatte er sich nicht mit Jane angefreundet, weil sie sich für seine Kunst interessierte? Wenn es mir gelang, seine Begeisterung ein wenig zu schüren – und das sollte nicht allzu schwer sein, da ich selbst Amateurphotograph war und einiges davon verstand –, gewann ich vielleicht sein Vertrauen, und er war bereit, offener mit mir über Jane zu sprechen, und aus welchem Grund er sie unbedingt hatte finden wollen. Vielleicht ergab es sich auch, daß er mich bat, die Untersuchung des Falles doch noch fortzusetzen.

Tagsüber arbeiteten die Abbruchkommandos, und ich hatte Mühe, einen Parkplatz zu finden. Schließlich klemmte ich meinen kleinen Wagen zwischen zwei Lastwagen in der Nähe der Wendestelle und ging von dort zu Fuß zu Snellings Haus. Die ganze Umgebung dröhnte von den Maschinen, die die Häuser einrissen, den Boden ebneten und Schutt auf Lastwagen luden. Ein paar Arbeiter blieben stehen und pfiffen mir nach, als ich vorbeikam, und ich lächelte zurück. Eine dieser militanten Feministinnen hätte vielleicht daran Anstoß genommen, aber zum Teufel, es gab Tage, an denen ich gar nicht genug Bewunderung einheimsen konnte.

Ich betrat den Garten durch das Tor und ging zu Snellings Haus, wobei ich mir vorkam, als würde ich mir einen Weg durch den Dschungel bahnen. Die Palmen raschelten über mir im leichten Wind, und zwischen den Kletterpflanzen blühten bunte, mir unbekannte Blumen. Ich wollte sie aus der Nähe betrachten, als Snelling die Tür einen Spalt öffnete.

»Sharon.« Seine Stimme zitterte. »Ist was passiert?«

»Nein, nichts. Ich wollte nur mit Ihnen reden.«

»Ach.« Er zögerte, dann hörte ich die Sicherheitskette rasseln. Als er die Tür öffnete, strich er mit der Hand durch sein schütter werdendes blondes Haar. Er wirkte blasser als üblich, und sein schmales Gesicht war eingefallen, als habe er eine schlaflose Nacht hinter sich.

»Ich war in der Gegend, habe einen Klienten besucht, und dachte ...« Ich hielt inne. »Aber ich habe Sie vermutlich in der Dunkelkammer gestört.«

»O nein, nein, eigentlich nicht.« Er ließ resigniert die Schultern sinken. »Ich habe ein bißchen saubergemacht. Sonst wäre ich gar nicht an die Tür gegangen. Was kann ich für Sie tun?«

Er schien nicht in der Verfassung zu sein, um mit mir über Jane Anthony zu sprechen, daher begann ich mit der Geschichte, die ich mir auf dem Weg hierher ausgedacht hatte. »Nun, ich – es ist mir peinlich, ich hätte eigentlich nicht so bei Ihnen eindringen dürfen. Aber ich dachte mir, wenn Sie ein bißchen Zeit haben, könnten Sie mir Ihre Dunkelkammer und Ihr Studio zeigen. Ich photographiere selbst ein bißchen – nicht besonders gut zwar und nicht viel –, und ich hätte wirklich gern gesehen, wie ein Profi in diesem Beruf arbeitet.«

Snelling schaute mich erleichtert und zugleich wachsam an. »Ich verstehe.«

»Ich kann auch ein andermal wiederkommen.«

»Nein, nein.« Er machte eine abwehrende Bewegung. »Ich zeige es Ihnen gern.« Er schritt den Korridor entlang und ich folgte ihm.

Wir gingen durch den Wohnraum, wo die Vorhänge trotz des hellen Tageslichts zugezogen waren, und über die Wendeltreppe nach oben. Sie führte in einen großen Raum, dessen eine Wand ganz aus Glas bestand, mit dem Blick auf die Bay. Die Wände waren weiß getüncht, so wie unten. In dem Raum gab es keine Möbel bis auf einen Hocker. Auf Regalen an den Wänden standen photographisches Material und Kameras.

Ich ging hinüber und begutachtete die Kameras. Es waren drei, und eine war der meinen ziemlich ähnlich. »Welche davon benutzen Sie am meisten?«

»Die Nikkormat.«

»Die habe ich auch.«

»Und – arbeiten Sie gern damit?«

»Ja, sehr gern. Sie ist leicht und einfach zu handhaben. Das ist wichtig, wenn man so ungeschickt ist wie ich.«

»Photographieren Sie schon lange?« Er nahm die Nikkormat vom Regal.

»Seit meiner Jugend, aber meine Ergebnisse werden einfach nicht besser. Ich arbeite eine Weile daran, dann lasse ich es wieder sein, und ein halbes Jahr später fange ich wieder an. Und der Film bleibt ein halbes Jahr in der Kamera.« Ich war erstaunt über mein zwangloses Geplapper – schließlich hatte ich erreichen wollen, daß Snelling redete und ich zuhörte.

Mein Monolog schien ihn allerdings erleichtert zu haben. Er nahm den Objektivdeckel von der Kamera und steckte ihn sich in die Hemdtasche. »Aber wenn Sie photographieren, macht es Ihnen Spaß, nicht wahr?«

»Ja.«

»Und Sie denken nicht daran, sich damit Ihren Lebensunterhalt zu verdienen?«

»Mein Gott, nein!«

»Weshalb machen Sie sich dann Gedanken darüber?« Er ging in die Mitte des Raums und prüfte das einfallende Licht. »Kommen Sie her. Ich möchte ein paar Aufnahmen von Ihnen machen. Sie haben eine interessante Physiognomie.«

Ich stellte mich neben ihn, und er betätigte noch einmal den Belichtungsmesser. »Setzen Sie sich auf den Hocker. Und bitte keine Posen, sonst macht es bei mir nicht klick.«

Ich setzte mich auf den Hocker und Snelling ging um mich herum, und seine Bewegungen waren leicht und routiniert. Der Hocker ließ sich drehen, und ich drehte mich mit ihm, um Snelling zuzusehen. »Sie benutzen nur natürliches Licht?«

»Ja.«

»Und kein Stativ?«

»Manchmal. Kommt darauf an, was ich aufnehmen will.« Er ging immer noch hin und her und beobachtete mich durch den Sucher der Kamera. »Wie gesagt, Sie haben eine interessante Physiognomie. Haben Sie indianische Vorfahren?«

»Nur zu einem Achtel.«

»Und der Rest?«

»Schottisch-irisch.«

»Was sagen Sie zur Mannschaft von Stanford diese Saison?«

»Was?«

Klick.

Ich lachte. »Sie haben mich überlistet.«

Klick.

»Ich mußte. Sie haben mich sehr argwöhnisch angeschaut, so, als ob sie erwarteten, ich würde Ihnen einen Revolver vor die Nase halten.«

»Entschuldigung.« Ich breitete die Hände aus. »Ich hab' es nicht gern, wenn ich im Mittelpunkt der Aufmerksamkeit stehe.«

Klick.

»In Ihrem Beruf ist das vermutlich auch nicht wünschenswert.«

»Sicher nicht.«

»Erzählen Sie von Ihrem Beruf.«

Verdammt, es klappte nicht! Ich hatte ihn aushorchen wollen, und statt dessen drehte er den Spieß um und ließ sich von mir über meinen Beruf erzählen. Immerhin war ein Gespräch über meine Arbeit als Detektiv vielleicht eine Überleitung zum Thema Jane Anthony. Also begann ich mit meinen Anfangstagen als Detektivin im Warenhaus.

Während der ganzen Zeit schlich Snelling um mich herum, geschmeidig wie eine Katze, fast auf Zehenspitzen. Es gelang ihm immer wieder, mich zu knipsen, wenn ich nicht auf der Hut war. Das Ganze kam mir vor, als würde ich von einem spielerisch aufgelegten Löwen beschlichen. Und obwohl Snelling nichts Böses beabsichtigte, wurde mir allmählich unbehaglich zumute. Zuletzt sagte ich: »Können wir jetzt aufhören? Es ist mir irgendwie unangenehm.«

Er lächelte und senkte die Kamera. »Jetzt schauen Sie mich schon wieder so argwöhnisch an.«

»Ich habe das Gefühl, als ob Sie um mich herumpirschen.«

Ein seltsamer Ausdruck war auf seinem Gesicht zu sehen, und er legte die Kamera wieder auf das Regal. – »Ich glaube, das ist der Stil meiner Photos – ich gehe auf die Pirsch nach meinen Motiven.«

»Und empfinden das die anderen auch so unangenehm wie ich?«

»Manche. Aber Sie würden sich wundern, wie vielen das richtig Spaß macht. Gehen wir in meine Dunkelkammer.« Er öffnete die Tür neben den Regalen.

Ich stand auf und folgte ihm. Hinter der Tür lag ein kleiner Raum; Snelling knipste die rote Lampe an der Decke an. Ich erblickte eine Reihe von Stahlbecken, eine große Trockenpresse und eines der raffiniertesten Vergrößerungsgeräte, das ich je gesehen hatte.

»Das ist fabelhaft«, sagte ich.

»Gehen Sie ruhig rein.« Snelling betätigte einen anderen Schalter, und weißes Licht leuchtete auf.

Ich trat hinein und betrachtete das Vergrößerungsgerät. Snelling lehnte an der Theke mit den Becken und schaute mich amüsiert an.

Ich sagte: »Ich hätte gedacht, ich bin die einzige, die die Abzüge mit dem Bild nach unten wäscht, damit die anderen, die die Dunkelkammer benutzen, nicht sehen, wie schrecklich die Photos sind.«

»Wenn ich mit ihnen fertig bin, kommen die nächsten dran, und ich will mich nicht mehr an die Vergangenheit erinnern.«

»Wie bei Jane?« Die Worte waren heraus, bevor ich sie aufhalten konnte.

Snelling zog die Mundwinkel nach unten. »Was wollen Sie damit sagen? Ist das ein Vorwurf, weil ich Ihre Untersuchung gestoppt habe?«

»Nein«, antwortete ich rasch und fürchtete, ich könnte unser gutes Einvernehmen zerstört haben. »Natürlich nicht. Es ist nur eine ähnliche Situation. Ich nehme an, ein jeder behandelt seine Arbeit ganz ähnlich wie die Menschen, mit denen er es im Leben zu tun hat.«

Snelling verschränkte die Arme vor der Brust. »Kann sein. Aber vergessen Sie nicht: Jane und ich waren keine besonders nahen Freunde. Es tut mir leid, daß sie tot ist, aber ich kann mir keinen Privatdetektiv leisten, um ihren Mörder zu finden. Das ist Aufgabe der Polizei.«

Ich nickte. »Wie haben Sie Jane kennengelernt?«

»Nach einer Vorlesung über Photographie, die ich an der Universität von San Francisco gehalten habe. Sie hat mir anschließend ein paar Fragen gestellt. Es waren intelligentere Fragen, als ich sie normalerweise zu hören bekomme, also habe ich Jane zu einem Drink eingeladen. Und wir haben uns angefreundet.«

»Dann ist sie zu Ihnen gezogen?«

»Ja, als sie das Zimmer nicht mehr bezahlen konnte, in dem sie wohnte. Wir haben ruhig und freundschaftlich nebeneinander gewohnt, bis sie verschwunden ist.«

»Hatten Sie gemeinsame Freunde?«

»Nein. In persönlichen Dingen ist jeder seine eigenen Wege gegangen.«

»Hat sie jemals über ihre Vergangenheit gesprochen, bevor sie nach San Francisco kam?«

Sein Stirnrunzeln vertiefte sich. »Sharon, was soll das?«

»Ich bin neugierig. Ich habe ihre Leiche gefunden. Ich fühle mich irgendwie... Wie soll ich es ausdrücken? Als ob mich etwas mit ihr verbindet.«

Er richtete sich auf und ging zur Tür. Ich folgte ihm.

»Abe, hat Jane jemals ›The Tidepools‹ erwähnt?«

Er drehte sich um, und sein Gesicht wirkte fahl im Licht des Studios.

»Hat sie jemals ›The Tidepools‹ erwähnt?« wiederholte ich. »Oder Allen Keller? Oder Ann Bates?«

»Nein.« Er deutete an, daß wir hinuntergehen sollten, und ich betrat die Treppe zum Parterre.

»Was ist mit Don Del Boccio? Oder mit einem Fischer namens John Cala?«

»Ich habe nie von ihnen gehört.« Er war direkt hinter mir und trieb mich geradezu die Treppe hinunter, daß ich achtgeben mußte, um nicht zu stolpern.

»Was ist mit einer Patientin im ›The Tidepools‹ namens Barbara Smith?«

Wir hatten das untere Ende der Treppe erreicht. Snelling verstellte mir den Weg ins Wohnzimmer und zwang mich statt dessen auf den Korridor. »Wer sind alle diese Leute? Was haben sie mit Jane zu tun?«

»Einige sind ihre früheren Arbeitgeber. Don Del Boccio war einmal ihr Liebhaber. Über Cala weiß ich nichts – er wohnt neben ihrer Mutter. Ich weiß auch nichts über Barbara Smith, nur daß...«

Snelling hatte die Sicherheitskette ausgehängt und die Haustür weit geöffnet. »Nur daß – was?«

»Nur daß...« Ich hielt inne, einen Fuß auf der Schwelle. »Nur daß ich glaube, Jane hat sie getötet.«

Es war mir erst in diesem Augenblick bewußt geworden, und es war ein Schuß ins Blaue, aber er schien Snelling zu treffen. Er riß die Augen auf und wurde noch blasser, dann streckte er eine Hand aus und stieß mich regelrecht zur Tür hinaus.

»Machen Sie, daß Sie weiterkommen«, zischte er. »Und kehren Sie nie hierher zurück.

Kapitel 11

Eine weitere unangenehme Überraschung erwartete mich bei All Souls. Als ich das Gebäude betrat, prallte ich mit Hank zusammen. Seine Augen hinter der dicken Hornbrille richteten sich von meinem Gesicht auf die noch immer prall gefüllte Aktenmappe in meiner Hand.

»Du hast die Dokumente noch nicht abgegeben!«

»Äh – nein.«

Er schaute auf seine Armbanduhr. »Es ist fast halb fünf. Was hast du den ganzen Nachmittag getrieben?«

Ich konnte es ihm nicht sagen. Nachdem ich Snelling verlassen hatte, hatte ich mich in der Nähe des Rathauses in ein MacDonalds-Restaurant gesetzt und dort vom oberen Stockwerk dem Treiben auf der Van Ness Avenue zugesehen, mich dabei zwischendurch immer wieder daran erinnert, daß ich gefälligst an die Arbeit gehen müßte. Aber ohne Erfolg, und nach drei Tassen Kaffee und zwei Stunden Nachdenken über Jane Anthony und Abe Snelling hatte ich mich entschlossen, ins Büro zurückzukehren.

»Ich hatte anderes zu erledigen«, rechtfertigte ich mich lahm.

»Sharon, diese Dokumente sind wichtig.«

»Ich weiß.«

»Warum hast du sie dann nicht abgegeben?«

»Es ist mir was dazwischen gekommen.«

»Sharon, das ist doch sonst nicht deine Art.«

»Tut mir leid.«

»Ist das alles, was du dazu zu sagen hast – es tut dir leid?«

Ich war über mich selbst verärgert. »Was soll ich denn tun – mich vor dir auf die Knie werfen und um Verzeihung bitten?«

»Du könntest zumindest erklären –«

»Schau, Hank, ich hatte einen miserablen Tag.« Ich versuchte, an ihm vorbei und in mein Büro zu huschen. »Die Dokumente werden morgen früh als erstes abgeliefert.«

Er verstellte mir den Weg. »Es wäre wichtig gewesen, daß einige heute schon im Rathaus angekommen wären.«

»Warum hast du sie dann nicht –« Ich brach ab, merkte, daß das, was ich sagen wollte, mehr als unpassend, um nicht zu sagen, herausfordernd gewesen wäre.

»Warum habe ich was nicht getan?«

Ich schwieg, war mürrisch und fühlte mich im Unrecht.

»Warum ich sie nicht selbst abgegeben habe? Wolltest du das sagen?« Hank beugte sich drohend zu mir vor. Normalerweise war mein Chef eine Seele von Mensch, aber er konnte es nicht ertragen, wenn jemand verantwortungslos handelte.

»Hör zu, Hank, vergessen wir's.«

»Warum ich sie nicht selbst abgegeben habe? Mein Gott, Sharon, ich bin hier der *Anwalt!*«

Die Auseinandersetzung drohte peinlich zu werden. »Und Anwälte geben keine Dokumente ab?«

»Nicht, wenn sie jemanden dafür bezahlen, daß er es tut!« Er gestikulierte wild mit den Armen. »Nicht, wenn sie jemanden für diese Art von Aufgaben auf ihrer Gehaltsliste haben!«

Warum konnte ich nicht meinen Mund halten? Warum mußte ich es immer noch schlimmer machen? »Hör auf, Hank. Bitte, hör auf damit.«

Er funkelte mich an, dann ging er um mich herum zur Tür.

»Wohin gehst du?« Hank verließ das Büro niemals vor sechs Uhr.

»Ich gehe weg.«

»Ja, aber wohin? Ich muß vielleicht noch mit dir reden, bevor ich Feierabend mache.«

Er blieb stehen, die Hand auf dem Türknopf. »Du bist nicht die einzige, die einen schlimmen Tag hinter sich hat. Ich gehe zur Remedy Lounge, wo ich ein paar Scotch trinken und meine Probleme in aller Ruhe überdenken werde.«

»Niemand hat einen so schlechten Tag. Die Remedy Lounge ist so ziemlich die scheußlichste Bar in Bernal Heights, vielleicht in der ganzen Stadt.«

»Aber sie hat ihre Vorzüge.«

»Als da sind?«

»Es ist immer dunkel, fast immer leer und – das beste – *du* bist dort nie anzutreffen.« Er ging hinaus und schlug die Tür hinter sich zu.

Ich seufzte und suchte mein Büro auf. Hank täuschte sich: Ob er wollte oder nicht, ich würde ihm in ein paar Minuten in der Remedy Lounge Gesellschaft leisten. Aber zuvor wollte ich einen Freund bei der Universität von San Francisco anrufen, um festzustellen, ob Abe Snelling dort jemals Vorlesungen gehalten hatte.

Mein Freund, Seamus Dunlap, war momentan nicht in seinem Büro. Ich trommelte ungeduldig mit den Fingern auf die Schreibtischplatte und wartete darauf, daß er zurückrief. Er war Photograph, der für so edle Magazine wie das *National Geographic* arbeitete und derjenige, der mich für die Photographie begeistert hatte, als ich mich vor Jahren mit ihm zu treffen pflegte. Wenn jemand etwas über Abe Snelling wußte, dann Seamus.

Mein Telephon summte, und ich nahm den Hörer ab. »Sharon! Wie geht es dir?« Die Stimme von Seamus schien das kleine Büro ganz auszufüllen.

»Ganz gut. Und selbst?«

»Kann nicht klagen.«

»Seamus, ich habe eine Frage an dich.«

»Schieß los.«

»Hat deines Wissens Abe Snelling jemals Vorlesungen an der Uni gehalten?«

»Abe Snelling...« Er überlegte einen Augenblick. »Nicht, daß ich wüßte. Warum?«

Ich ignorierte die Frage. »Wenn er im vergangenen Jahr dort Vorlesungen gehalten hätte, würdest du es wissen, nicht wahr?«

»Gibt es hier überhaupt etwas, was ich nicht weiß?«

Ich kicherte. »Doch, gelegentlich, wenn ich mich richtig erinnere.« Ein Jahr, bevor ich ihn kennengelernt hatte, war die Frau von Seamus mit einem seiner Studenten durchgebrannt. Der gute Mann war so in seine Arbeit versunken gewesen, daß er es erst nach einer Woche bemerkt hatte.

»Komm, das liegt Jahrhunderte zurück. Und weil wir schon von der Vergangenheit reden – wann sehen wir uns mal wieder?«

»Gegen Ende des Monats vielleicht.«

Seamus war ein attraktiver Mann und intelligent, aber auf die Dauer etwas schwierig. Nach Greg Marcus konnte ich nicht schon wieder einen Mann ertragen, der seine Stimmungen nicht zu beherrschen verstand.

»Noch immer so schwer zu erreichen wie eh und je, was? Aber um auf deine Frage zurückzukommen: Soviel ich weiß, hat Snelling hier noch nie eine Vorlesung abgehalten – oder sonst irgendwo. Nicht, daß wir ihn nicht gern gehabt hätten, aber der Mann ist ein ausgesprochener Einsiedler.«

Genau das hatte ich erwartet. Und aus welchem Grund hatte mich Snelling belogen?

»Danke, Seamus.«

»He, warum interessierst du dich für Snelling?«

»Das sage ich dir, wenn wir uns treffen.«

»Ich ruf' dich an.«

Und das würde er sicherlich tun – vielleicht in einem Jahr, wenn es ihm wieder einfiel.

»Kann ich dich zu einem Schluck einladen?«

Ich rutschte auf den Hocker mit dem halb aufgeplatzten Polster, der neben Hank stand. Er saß da, den Vorderkörper über die Theke gebeugt und ein Glas vor sich, das, wie ich wußte, Scotch und Soda enthielt. Wie üblich war die Remedy Lounge dunkel und leer. Die Gläser auf den Regalen hatten Wasserflecken, auf dem Spiegel war Fliegendreck, und der Barkeeper hatte einen großen, undefinierbaren Fleck auf seiner grauweißen Schürze.

Hank schaute mich von der Seite an, dann wandte er sich wieder seinem Glas zu. »Schon gut. Ich lade dich ein.«

»Aber es ist ein Friedensangebot.«

»Das meine auch.«

Da er darauf bestand, bestellte ich Bourbon und Wasser. Der Barkeeper stellte das Glas vor mich hin, und etwas vom Inhalt schwappte über.

»Das mit den Dokumenten tut mir leid«, lenkte ich ein. »Ich war in Gedanken versunken, und die Zeit ist einfach so vergangen. Aber morgen bringe ich sie als erstes hin.«

Er nickte.

»Ich habe in letzter Zeit offenbar Schwierigkeiten, obenauf zu bleiben«, fuhr ich fort. »Vielleicht bin ich urlaubsreif.«

»Vielleicht.«

Ich beugte mich nach vorn, legte meine Hand auf die Theke, die klebrig war, und zog sie hastig wieder zurück. »Also dachte ich – du könntest mir ein paar Tage frei geben? Der Mietstreit geht erst nächste Woche vor Gericht, und wenn ich diese Dokumente abgeliefert habe, steht eigentlich nichts mehr für mich an, oder?«

Langsam wandte sich Hank mir zu und schaute mich an.

»Mit dem Wochenende könnte ich fünf Tage freimachen. Das würde mir bestimmt guttun.«

»Wohin willst du denn?«

»Ach, ich weiß nicht.« Ich trank einen Schluck. »Vielleicht nach Port San Marco. Es hat mir gut dort gefallen; ich bin vor vielen Jahren als Kind dort gewesen. Es ist noch warm genug, um am Strand liegen zu können, und ich könnte außerdem –«

»M-m.«

Ich ignorierte seinen skeptischen Blick. »Ich könnte mich erholen.«

»Stimmt.«

»Also schön, ich gebe zu, da ist noch was anderes.«

»Hätte ich mir fast denken können.«

»Ich habe einen Mann dort kennengelernt.«

»Ach, tatsächlich?«

»Ja. Er heißt Don Del Boccio. Er ist Diskjockey, aber auch ein klassischer Musiker. Er hat eine wunderbare Wohnung und einen schreiend goldlackierten Jaguar und...« Ich ließ die Worte verklingen, während mir klar wurde, daß Hank mich längst durchschaute. Noch nie hatte ich ihm freiwillig etwas von meinem Privatleben offenbart, weshalb es ihn offenbar besonders faszinierte.

»Stimmt«, sagte Hank ziemlich unvermittelt.

»Hank, ich habe wirklich jemanden getroffen.«

»Ich hatte auch gar nicht angenommen, daß du dir das alles aus den Fingern gesaugt hast. Aber du bist auch in einen Mordfall hineingeschlittert.«

»Richtig.«

Hank gab dem Barkeeper ein Zeichen für einen neuen Drink. »Shar, hat Snelling nicht gesagt, die Untersuchung ist abgeschlossen?«

»Ja, aber –«

»Du kannst doch nicht einfach dort hinfahren und herumschnüffeln – ohne Auftrag eines Klienten.«

»Ich werde nicht ›herumschnüffeln‹.«

»Wie willst du es denn bezeichnen?«

»Schau, Hank, ich habe der Polizei von Port San Marco alles gesagt, was ich wußte, und sie wußten das zu schätzen. Ich würde mich, wenn ich dort bin, natürlich als erstes mit dem Lieutenant in Verbindung setzen, der die Ermittlungen leitet.«

»Und was würdest du ihm sagen?«

»Daß ich wieder da bin, und –«

»Und was?«

»Daß es mich interessiert zu hören, was sie inzwischen herausgefunden haben.«

»Würdest du ihm auch sagen, daß du nicht mehr im Auftrag von Snelling handelst?«

»Er würde mich wahrscheinlich nicht danach fragen.«

»Also würdest du vorgeben, im Auftrag eines Klienten zu ermitteln.«

»Ja, so könnte man sagen.«

»Sharon, das ist ein Risiko. Du bist schon öfters auf diese Weise in Schwierigkeiten geraten.«

»Das war einmal.«

»Wie meinst du das?«

Ich trank aus. »Ich bin jetzt vorsichtiger.«

»Vorsichtiger als zum Beispiel letztes Jahr?«

»Ja. Ich verspreche es, ich werde als erstes mit Lieutenant Barrow reden. Und ich werde ihm alles, was ich herausfinde, sofort berichten. Bitte, Hank, gib mir die paar Tage frei.«

Er starrte in sein Glas. »Ich glaube, ich könnte dich doch nicht aufhalten. Wenn ich Nein sage, könntest du dich immer noch krank melden…«

»Glaubst du, ich würde das tun?«

»Ja.« Er schaute mich an, dann traten Lachfältchen um seine Augen. »Ach, zum Teufel. Meinen Segen hast du. Vielleicht kommst du zurück und bist ein paar Zentimeter kleiner als jetzt.«

»Wie meinst du das?«

»Falls du es nicht gemerkt haben solltest – du bist in den letzten Wochen unmöglich gewesen.«

»Ich sage dir doch, daß ich urlaubsreif bin.«

Wir tranken schweigend aus, dann sagte Hank: »Ich muß zurück ins Büro.«

Ich stand auf. »Ich komme mit und hole meine Aktenmappe. Wenn du nichts dagegen hast, gebe ich die Dokumente gleich morgen früh ab und fahre dann los, ohne noch ins Büro zu kommen.«

Er rutschte vom Barhocker und schaute mich unbehaglich an.

»Du gibst die Dokumente ab und fährst gleich los?«

»Ja. Warum nicht?«

Er wartete. »Na schön. Meinetwegen. Komm jetzt.«

Als wir das im viktorianischen Stil erbaute Gebäude wieder betraten, wurde mir klar, warum Hank vorhin gezögert hatte. Greg Marcus saß im Empfangsraum auf der Schreibtischkante und unterhielt sich mit Ted. Vermutlich waren Hank und Greg zum Abendessen verabredet; die beiden waren schon befreundet gewesen, bevor ich sie kennengelernt hatte, und ich konnte nicht erwarten, daß sich das meinetwegen änderte.

Als Greg mich sah, verhärtete sich sein Gesichtsausdruck für den Bruchteil von Sekunden, dann glätteten sich seine Züge wieder, und er sagte: »Hallo, Indianermädchen.« Und zu Hank: »Du hast dich verspätet.«

»Ich bin in einer Minute soweit.« Hank eilte durch den Gang, ohne mich auch noch eines Blickes zu würdigen.

Ted, Feigling, der er war, stand auf und ging zur Toilette.

Ich wandte mich an Greg. »Und wie geht es dir?«

»Okay. Und selbst?«

»Viel zu tun. Ich suche gerade eine neue Wohnung, hatte aber bisher noch kein Glück.«

»Hank sagte mir, du hast neulich eine Leiche gefunden, unten bei Port San Marco.«

Warum hatte ihm Hank das berichtet? »Das stimmt.«

»Wieder mal die alten Tricks, was?«

»Was für Tricks?«

»Ich hoffe nur, deine Kooperation mit der dortigen Polizei klappt besser als früher mit mir.«

Einen Augenblick lang, als ich ihn so sitzen sah, gutaussehend in seinem blauen Anzug und der gestreiften Krawatte, fühlte ich so etwas wie neu erwachende Zuneigung. Aber dann fielen mir alle Gründe ein, die mich dazu bewogen hatten, mit ihm Schluß zu machen.

»Kooperation beruht auf Gegenseitigkeit«, entgegnete ich, »wenn sie funktionieren soll.«

Aber so konnte man Greg nicht außer Gefecht setzen. »Immer noch schnell mit vorwitzigen Antworten, was, Indianermädchen?«

Ich ging zu meinem Büro. Kein Wunder, daß ich mit ihm Schluß gemacht hatte. Kein Wunder! Außerdem – welche Frau konnte einen Mann lieben, der ihr so alberne Spitznamen gab?

Kapitel 12

Am nächsten Nachmittag gegen drei Uhr war ich wieder in Port San Marco und hatte dasselbe Zimmer im Mission Inn gemietet. Sobald ich ausgepackt hatte, rief ich Lieutenant Barrow auf der Polizeistation an. Die Ermittlungen im Mordfall Jane Anthony gingen nur schleppend voran, erklärte er mir, und die Polizei sei zur Zeit damit beschäftigt, Janes Freunde, ehemalige Nachbarn und frühere Arbeitgeber zu verhören. John Cala war freigelassen worden; er behauptete noch immer, nur so auf den Pier hinausgeschlendert zu sein, und obwohl Barrow ihm noch immer nicht glaubte, war das Alibi, das ich dem Fischer geliefert hatte, inzwischen überprüft worden.

»Da stehen wir also im Augenblick«, schloß Barrow. »Alles andere als ein einfacher Fall.«

»Sie scheinen davon auszugehen, daß der Täter in Janes Vergangenheit zu suchen sein muß.«

»Es ist nicht unwahrscheinlich. Sie wurde in Salmon Bay getötet, einem Ort, über den nur wenige außerhalb dieser Gegend Bescheid wissen.«

»Es wäre doch auch möglich, daß sie sich dort mit einem Fremden verabredet hat.«

»Möglich durchaus.« Aber er schien nicht viel von dieser Theorie zu halten, denn er wechselte das Thema. »Heißt das, Sie sind wieder hier?«

»Ja. Und ich möchte Sie um Erlaubnis bitten, ein paar Spuren, auf die ich gestoßen bin, nachzugehen. Selbstverständlich werde ich Ihnen etwaige Ergebnisse sofort mitteilen.«

»Was sind das für Spuren?«

»Nichts Umwerfendes. Ich möchte noch einmal mit Janes Mutter sprechen, und vielleicht mit John Cala.«

»Es würde mich sehr wundern, wenn Sie aus denen irgendwas herausbringen würden. Die Leute in diesem verdammten Dorf sind stumm wie die Fische.«

»Ist mir auch schon aufgefallen. Ich möchte es trotzdem noch einmal versuchen. Außerdem möchte ich mit den Leuten im ›The Tidepools‹ sprechen. Ich nehme an, Sie haben seinerzeit die Todesfälle dort untersucht.«

Daraufhin entstand eine Pause. »Ja – aber ich kann keine Verbindung entdecken.«

»Jane hat damals dort gearbeitet.«

»Das weiß ich; wir haben uns bereits beim Personalchef, Ann Bates, erkundigt. Über die Todesfälle sind längst die Akten geschlossen, das heißt, bis auf den letzten, wo vermutlich der Ehemann die Frau getötet hat und dann verschwunden ist.«

»Ich würde dennoch die Sache auf eine mögliche Verbindung überprüfen.«

»Bitte, wenn Sie wollen. Aber ich bezweifle, daß Sie etwas finden werden.«

»Sie haben jedenfalls nichts dagegen?«

»Nein. Vorausgesetzt, Sie informieren uns über Ihre Ergebnisse.«

Wie erwartet, hatte er mich nicht gefragt, ob Snelling noch mein Klient war. Ich legte auf, suchte mir die Adresse der öffentlichen Bibliothek aus dem Telephonbuch und fuhr dann dorthin, um die älteren Ausgaben des *Port San Marco Herald* durchzusehen.

Um fünf Uhr spulte ich die letzte Rolle Mikrofilm zurück und verließ das Gebäude, in dem die Bibliothek untergebracht war. Der erste Todesfall im ›The Tidepools‹, eine siebzigjährige Patientin namens Mary Sloan, war als Selbstmord gemeldet worden. Beim zweiten, einer dreiundachtzigjährigen Frau namens Amelia Canfield, hatte der Reporter Spekulationen angestellt, es könnte sich um eine Überdosis von Drogen gehandelt haben. Wochen später war eine kleine Notiz erschienen, in der es hieß, beides seien Fälle von Selbstmord gewesen. Zwei Monate danach wurde über den Tod von Barbara Smith auf der ersten Seite berichtet.

Barbara Smith war Anfang dreißig gewesen und hatte an unheilbarem Krebs gelitten. Ihr Aufenthalt hatte kaum drei Wochen im ›The Tidepools‹ gedauert, als sie tot aufgefunden worden war, offenbar gestorben an einer Überdosis wie die anderen Patientinnen. Was ihren Tod von dem der anderen unterschied – abgesehen von ihrem weit geringeren Alter –, war die Tatsache, daß sie nicht lange genug im Hospiz gewesen war, um eine tödliche Dosis des Schmerzmittels ansammeln zu können. Genau gesagt, hatte sie das Mittel erst seit wenigen Tagen erhalten. Und gleich nach ihrem Tod war ihr Mann, Andy, ein medizinisch-technischer Assistent im Allgemeinen Krankenhaus von Port San Marco, verschwunden.

Der Reporter hatte mit den Freunden und Verwandten von Barbara Smith gesprochen. Sie sei guten Muts gewesen, berichteten sie, und glücklich darüber, daß sie im ›The Tidepools‹ aufgenommen worden war. Außerdem sei sie nicht der Typ gewesen, der sich das Leben nimmt. Ich neigte dazu, solchen Bemerkungen wenig Gewicht beizumessen. Wenn man Freunden und Verwandten glaubt, ist niemand, der Selbstmord begangen hat, der Typ dafür gewesen. Dagegen maß ich der Tatsache, daß Barbara Smith zwei Monate vor ihrem Tod eine Erbschaft über vierzigtausend Dollar gemacht hatte, wesentlich mehr Bedeutung bei. Mit dem Geld hätte sie die Kosten für das Hospiz bezahlen können. Ihr Mann hatte das Geld in bar von ihrem gemeinsamen Sparkonto abgehoben, wenige Tage, bevor sie starb – und hatte gleich nach ihrem Tod die Stadt überhastet verlassen.

Der mysteriöse Fall hatte eine Woche lang die Schlagzeilen der Lokalzeitung beherrscht, doch als es der Polizei nicht gelang, ihren Mann ausfindig zu machen, geriet er allmählich in Vergessenheit. Vermutlich würde man Smith nie finden; für vierzigtausend Dollar konnte man sich durchaus eine neue Identität beschaffen und untertauchen.

Ich fuhr zurück zum Motel, zog meinen Badeanzug an und ging hinaus zum Swimmingpool. Schwimmen war mein Lieblingssport, und außerdem klärte es mein Denken.

Jane Anthony war seit einer Woche vermißt, und dann hatte jemand sie erstochen... Sie war an einem Ort getötet worden, den kaum jemand außer den Bewohnern von Salmon Bay kannte... Der Mann, der den Leichnam entdeckte, hatte keinen Grund dafür, dort aufzutauchen... Abe Snelling war nahezu in Panik geraten, nachdem er von Janes Tod erfahren hatte, doch dann hatte er meine Untersuchung gestoppt... Es hatten sich drei Todesfälle ereignet, solange Jane im ›The Tidepools‹ arbeitete, alle drei unter mysteriösen Umständen ... Jane hatte dem medizinischen Betreuungsteam angehört, das mindestens einer dieser drei Patientinnen zugeteilt gewesen war ...

Ich mußte wissen, warum John Cala zu dem alten Pier gegangen war. Ich mußte herausfinden, ob Jane auch die beiden anderen Frauen betreut hatte, die an Überdosen gestorben waren. Und ich mußte klären, auf welche Weise Jane Abe Snelling tatsächlich kennengelernt hatte.

Ich stieg aus dem Pool und ging zurück in mein Zimmer. Während ich mir das Haar fönte, überlegte ich, wie ich vorgehen sollte. Ich wollte Mrs. Anthony und John Cala besuchen. Und morgen würde ich Ann Bates oder Dr. Keller darum bitten, einen Blick in die Unterlagen von ›The Tidepools‹ werfen zu dürfen, soweit es Jane betraf. Wahrscheinlich hatte die Polizei das inzwischen auch getan, aber sie suchte nicht nach dem, was mich interessierte.

Als ich in Salmon Bay ankam, lag das Haus von Mrs. Anthony im Dunkeln. Nachdem ich angeklopft und keine Antwort erhalten hatte, fragte ich einen alten Mann in der Nachbarschaft, der noch seinen Rasen mähte, in welchem der Häuser Cala wohnt. Er zeigte auf das Haus rechts neben dem von Mrs. Anthony. Es war bescheiden und früher einmal hellgrün getüncht gewesen, aber die Farbe war verblichen und begann abzublättern. Im Vorgarten, der nicht durch einen Zaun von der Straße abgegrenzt war, türmten sich Autoreifen, Balken, Milchträger aus Plastik, Matratzen, Maschendrahtrollen und eine Waschmaschine ohne Deckel. Ich bahnte mir einen Weg zur Haustür und klopfte an, aber nichts rührte sich. Entweder Cala und Sylvia Anthony waren beide nicht zu Hause, oder sie waren nicht in der Stimmung, Fremde zu empfangen.

Ich ging zu meinem Wagen zurück und ließ ihn an, unschlüssig, was ich als nächstes tun sollte. Ich schaltete das Radio ein, die Welle KPSM. Don Del Boccio übermittelte gerade einen Musikwunsch von Sally an Larry und forderte die Hörer auf, die Hot Hit Line anzurufen. Ich fuhr zur Shorebird Bar, nahm ein Zehncentstück aus meinem Geldbeutel und ging in die Telephonzelle.

»Hot Hit Line«, meldete sich Dons Stimme. »Was kann ich heute abend für Sie spielen?«

»Ich glaube nicht, daß Sie das spielen können, was ich hören möchte. Hier spricht Sharon McCone. Darf ich Sie nach Ihrer Sendung zu einem Drink einladen?«

»Und ob Sie das dürfen. Ich hoffte, Sie würden sich bei mir melden. Wie wär's um Viertel nach acht im Sand Dollar? Das ist in der Beach Street, nicht weit vom Jachthafen.«

Ich kannte das Lokal. »Also gut, bis dann.« Ich ging zurück zum Wagen und fuhr in Richtung Port San Marco; dabei war ich plötzlich viel besserer Laune. Als ich das Radio einschaltete, ging gerade eine Werbedurchsage zu Ende, und Del Boccio, mit einer wesentlich sanfteren Stimme als sonst, spielte einen Song an Sharon von Don. Es war James Taylors *You've Got a Friend.*

Das Sand Dollar befand sich in der Nähe des Hauses, dort, wo die großen Fischerboote vertäut lagen. Es war ein hellerleuchtetes Lokal mit Tischen auf verschiedenen Ebenen, voneinander durch schimmernde Messinggeländer abgetrennt. Ein Deckenventilator bewegte die Palmwedel, die überall in Ampeln von der Decke hingen, hin und her. Ein solches Dekor war typisch für Lokale, die von Singles besucht wurden, doch im Sand Dollar herrschte nicht die sonst übliche, hektische Atmosphäre. Ich wählte einen Tisch auf der obersten Ebene, von wo aus ich einen guten Überblick hatte, und bestellte mir ein Glas Wein.

Don kam pünktlich um acht Uhr fünfzehn durch die Tür. Er sah mich und ging quer durch den Raum auf mich zu, dabei winkte er auf beiden Seiten den Leuten zu, machte dem Barkeeper ein Zeichen und schüttelte einem der Kellner die Hand. Er trug Jeans und ein grobes, offenes Baumwollhemd. Ich schaute mit Vergnügen zu, wie geschickt er sich bewegte, lächelte in Erwiderung seiner offensichtlich guten Laune. Als er an meinen Tisch trat, war ein Kellner bereits hinter ihm mit einem Glas Rotwein.

»Ich nehme an, Sie gehören hier zu den Stammgästen«, sagte ich zur Begrüßung.

Er setzte sich. »So ungefähr. Wenn sie mich kommen sehen, wissen sie, daß ich einen schweren Abend hinter mir habe, und versuchen, alles zu tun, um meine ›Qualen‹ zu lindern.«

»Und war es ein schwerer Abend?«

»Sie haben die Show gehört, Baby – alle Abende sind schwer.« Doch während er das sagte, lachte er. Ich hatte das Gefühl, es gab eigentlich nichts in Dons Leben, was wirklich schwer war für ihn.

Er lehnte sich zurück und betrachtete mich über den Rand seines Weinglases hinweg. »Also setzen Sie die Untersuchung des Mordes an Jane fort, da Sie noch immer hier sind. Ich habe versucht, über die Burschen in unserer Nachrichtenredaktion etwas zu erfahren, aber es hört sich so an, als hätte die Polizei noch nicht viel herausgefunden.«

»Es sieht nicht gerade vielversprechend aus.«

»Demnach hat Ihr Klient offenbar mehr Vertrauen in Sie als in die Polizei. Wer war es noch, sagten Sie?«

»Ein Photograph namens Abe Snelling, Janes früherer Vermieter, wenn man so will. Aber er ist nicht mehr mein Klient.«

Don zog die Stirn in Falten.

»Er meinte, daß der Fall für ihn abgeschlossen sei. – Seitdem wir uns zuletzt gesehen haben, bin ich in San Francisco gewesen, aber ich bin die Gedanken an den Mord einfach nicht losgeworden, also bin ich auf eigene Faust hierher zurückgekommen.«

Er stellte sein Glas ab und strich sich durch den buschigen Schnurrbart. »Arme Jane. Dieser Snelling – dem scheint es also egal zu sein, wer sie umgebracht hat. Sie hat nie Glück gehabt mit den Männern. Ist dieser Abe Snelling ihr Liebhaber gewesen, oder was?«

»Er behauptet, sie seien nur Freunde gewesen, und nicht einmal besonders nahe Freunde. Aber vor ein paar Tagen war es ihm sehr wichtig, sie zu finden, und er hat mich belogen, als er mir berichtete, wie sie sich kennengelernt haben. Als Sie sagten, Jane habe nie Glück gehabt mit den Männern, was meinten Sie damit?«

»Sie hat immer die falsche Wahl getroffen – Männer, die sie schlecht behandelt haben, die schwach waren oder sie zu sehr beeinflußt haben – oder solche, deren Privatverhältnisse total durcheinander waren.«

»Ich nehme an, Sie selbst schließen sich in keine dieser Kategorien ein.«

»Ich?« Er lächelte und richtete sich gerade auf. »Ich bin ein erstklassiger Typ. Ein fabelhafter Koch, bei bester Gesundheit, unabhängig, ich lasse meine Unterwäsche nicht verstreut auf dem Boden liegen und bin sehr häuslich. Nein, wirklich, es gibt schlechtere.«

»Davon bin ich überzeugt.« Das Schweigen, das dann eintrat, war eher nachdenklich. Schließlich sagte ich: »Nun, morgen bekomme ich wahrscheinlich ein paar Antworten auf Fragen über Jane, die mich beschäftigen.«

»Nämlich?«

»Ihre Verbindung mit diesen Todesfällen im ›The Tidepools‹. Ich werde mich mit Allen Keller unterhalten –«

Ein Ausdruck tiefster Mißbilligung trat in Dons Gesicht, und er versuchte ihn zu kaschieren, indem er sein Glas in die Hand nahm und den Kellner bat, ihm nachzuschenken. Ähnlich hatte er reagiert, als ich Kellers Name das erste Mal ihm gegenüber erwähnte.

»Wie steht es zwischen Ihnen und Keller?« fragte ich.

»Was soll denn sein?«

»Sie mögen ihn nicht. Warum?«

Er seufzte. »Sieht man es so deutlich?«

»Ja.«

»Nun, wenn wir schon unbedingt über ihn sprechen müssen: Keller war einer von den Kerlen, mit denen sich Jane abgegeben hat, einer mit einem total ungeordneten Privatleben. Es war mein Pech, daß sie mir den Laufpaß gab, als der famose Allen daherkam.«

Also hatte mir Keller über seine Beziehung zu Jane genauso die Unwahrheit gesagt wie Snelling. »Ich verstehe. Keller sagte mir, daß er sich hat scheiden lassen... Wie war seine Situation, als Jane in sein Leben getreten ist?«

Der Kellner schenkte nach, und Don wartete, bis er gegangen war, bevor er weitersprach. »Keller war mit Arlene, seiner dritten Frau, verheiratet. Er hatte einen Ruf als Frauenheld – so brachte er Ehefrau Nummer eins und Nummer zwei hinter sich –, aber Arlene hielt ihn an kurzer Leine, zumindest bis Jane auftauchte.«

»Und dann?«

»Anfangs waren Allen und Jane sehr diskret. Selbst ich habe es monatelang nicht gemerkt, und ich habe im selben Apartmenthaus gewohnt und sie noch immer regelmäßig getroffen. Übrigens – ihr Treffpunkt war der Jachthafen dort drüben.« Er deutete aus dem Fenster. Der Jachthafen war hellerleuchtet, der Wald der Masten stand weiß gegen den dunklen Himmel.

»Hat er dort ein Boot liegen?« fragte ich.

»Einen Kabinenkreuzer. Arlene mochte das Boot nicht und nicht die Leute im Jachthafen, und das beruhte auf Gegenseitigkeit. Also war der Platz relativ sicher für Allen und Jane. Doch dann kamen sie auf die unselige Idee, sie hätten sich ineinander verliebt, und von da an konnten sie es nicht mehr geheimhalten. Jane machte Schluß mit mir. Sie bat mich, niemandem etwas von ihr und Allen zu sagen, und ich schwieg. Allen versuchte, seinen Besitz nach und nach auf die Seite zu bringen, wegen der Gesetze über die Gütergemeinschaft der Ehegatten. Er wollte verhindern, daß er alles, was er besaß, mit Arlene teilen mußte.«

Ich erinnerte mich, was Keller mir gegenüber geäußert hatte, daß es sein Geld sei und daß er es allein verdient habe.

»Das wäre schön und gut gewesen«, fuhr Don fort, »aber Allen ist mit Jane dann auch in der Öffentlichkeit aufgetreten. Er machte viele törichte Dinge, taufte zum Beispiel das Boot um in *Prinzessin Jane*. Natürlich begannen die Leute zu reden. Es ist eine kleine Stadt, auch wenn sie in den letzten zehn Jahren gewachsen ist. Jedenfalls, es dauerte nicht lange, bis Arlene die ganze Geschichte erfuhr.«

»Sie hat die Scheidung eingereicht?«

»Ja. Und da Arlene wußte, wie Keller seine Vermögensverhältnisse manipuliert hatte, als er sich von Ehefrau Nummer zwei getrennt hatte, engagierte sie Privatdetektive, die der Sache auf den Grund gehen sollten. Sie stellten fest, daß Keller mehrmals die Unterschrift seiner Frau gefälscht hatte, und Arlene verlangte eine hohe Abfindung, wenn sie ihn nicht anzeigen sollte. Ich nehme an, Keller mußte einen Teil seines Vermögens flüssig machen, damit sie sich nicht an ›The Tidepools‹ vergreifen konnte. Es heißt, er steht seitdem am Rand des Bankrotts.«

Ich erinnerte mich an den Eindruck, den ich von Kellers Haus gehabt hatte, das mir wie ein Kartenhaus vorgekommen war. »Und wie ist es mit ihm und Jane weitergegangen?«

»Sie konnte den Skandal nicht durchstehen. Schließlich kündigte sie bei ›The Tidepools‹ und ging nach San Francisco. Aber sie hat sich immer noch mit Keller getroffen – sie sind erst im letzten Monat zusammen im Ort gewesen –, und ich glaube, sie hofften, es käme alles ins reine mit ihnen, sobald seine finanziellen Schwierigkeiten überwunden waren. Vielleicht wäre es wirklich so gekommen, und der Skandal wäre allmählich in Vergessenheit geraten. Die Leute geben den Klatsch schnell auf, sobald es nichts Neues, Saftiges mehr durchzukauen gibt.«

»Sie sahen Keller im vergangenen Monat mit Jane?« Wenn sie damals bei ihm war, konnte sie auch in der letzten Woche mit ihm zusammen gewesen sein.

»Ich nicht, aber jemand von der Station, und natürlich mußte sie es mir brühwarm berichten.«

»Hat sonst jemand die beiden seitdem zusammen gesehen?«

»Nicht, daß ich wüßte.«

Ich würde mich morgen sehr ausführlich mit Keller unterhalten müssen. Auf einmal müde geworden, trank ich mein Glas aus und schaute auf meine Armbanduhr.

Don sagte: »Darf ich im Lauf der Woche einmal ein Abendessen für Sie kochen? Es müßte natürlich nach acht sein. Ich bin einerseits froh, daß ich für meine Sendung die beste Sendezeit habe, aber es beeinträchtigt doch auch das Privatleben.«

»Schon gut – ich selbst habe nie ein regelmäßiges Leben gekannt. Und – ja, ich komme mit Vergnügen zu Ihnen zum Abendessen.«

Er lachte, dann winkte er dem Kellner wegen der Rechnung. Unser »Auszug« aus dem Lokal wurde von dem gleichen Winken und Händeschütteln begleitet wie Dons »Auftritt« vor einer Stunde, und ich nahm an, daß er so etwas wie eine lokale Berühmtheit war. Als ich es ihm gegenüber bemerkte, zuckte er nur mit den Schultern und sagte: »Es ist eine freundliche Stadt.« Seine Bescheidenheit machte ihn mir nur noch sympathischer.

Wir gingen zu meinem Wagen, wobei Dons Hand leicht auf meinem Arm ruhte. Als wir in die Nähe des MG kamen, sah ich eine Gestalt in dunkler Kleidung, die sich bückte, als ob sie durch ein Fenster in den Wagen hineinschauen wollte.

»He!« rief ich.

Die Gestalt trat rasch auf den Gehsteig zurück und drängte sich hinter eine Gruppe von Leuten, die sich vor einem der Restaurants unterhielt. Ich machte mich von Dons Hand frei und lief schneller darauf zu. Jetzt begann die Gestalt zu laufen, und ich folgte ihr im Laufschritt.

Ein Touristenpärchen verließ das Restaurant, der Mann hatte seinen Arm um die Frau gelegt. Ich wollte links ausweichen, aber ein Kind auf einem Skateboard kam daher und hätte mich beinahe umgefahren. Als ich weiterlaufen konnte, war die Gestalt verschwunden.

Don kam keuchend hinter mir her und blieb vor mir stehen. »Was, um Himmels willen, war das?«

»Ich weiß es nicht.« Ich drehte mich um und ging zu meinem Wagen zurück. Beide Türen waren abgeschlossen, und das Dach des Kabrios war unversehrt, ich nahm meine Schlüssel, schloß die Beifahrertür und dann das Handschuhfach auf. Die 38er Pistole, die ich dort aufbewahrte, lag an ihrem Platz.

Ich richtete mich auf und wandte mich an Don. Sein Mund stand offen, und er schaute mich an, als sehe er ein Phantom. »Sie meinen es ernst, wie?« sagte er.

»Was?«

Er deutete auf das Handschuhfach. »Wenn man Sie so über Ihre Arbeit reden hört, dann ist das eine Sache, aber wenn man dann sieht...«

Ich mußte lächeln. Nachdem ich mit einem Kriminalpolizisten befreundet gewesen war, für den Dinge wie 38er Pistolen im Handschuhfach eine Selbstverständlichkeit waren, mußte ich daran denken, daß man mit so etwas leicht Freunde verscheuchen konnte. »Keine Angst.« Ich legte meine Hand auf Dons Arm. »Ich habe sie bisher nur ganz selten benützen müssen.«

Er legte seine Hand auf die meine und drückte sie. »Aber Sie wissen, wie.«

»Ja, natürlich – sonst dürfte ich keine solche Waffe bei mir führen.« Ich sah für einen Sekundenbruchteil das Bild des Mannes vor mir, den ich in einer brenzligen Situation hatte töten müssen, um nicht selbst erschossen zu werden, aber ich schüttelte es ab, wie immer. Darüber wollte ich nun absolut nicht mit Don reden, zumindest nicht, bis wir etwas näher miteinander bekannt waren.

Er lächelte. »Aber bringen Sie die Pistole nicht zum Dinner mit.«

»Ich bringe lieber eine Flasche Wein mit.«

Wir tauschten unsere Telephonnummern aus und verabschiedeten uns auf dem Gehsteig. Sosehr ich mich auf ein Wiedersehen mit diesem attraktiven Mann freute, konnte ich die Gedanken doch nicht von der Gestalt abwenden, die sich an meinem Wagen zu schaffen gemacht hatte. Es mußte gar nichts bedeuten, aber ich beschloß, in Zukunft besonders vorsichtig zu sein. Und ein Flirt mit Don, sagte ich mir, während ich zurückfuhr zum Mission Inn, würde warten müssen, bis die Angelegenheit, die mich zur Zeit beschäftigte, geklärt war.

Kapitel 13

Am nächsten Morgen um zehn saß ich auf einem der unbequemen Stühle im Empfangsraum von ›The Tidepools‹ und wartete darauf, mit Ann Bates sprechen zu können, und das schon seit einer halben Stunde, und der Stuhl mit der geraden Lehne wurde von Minute zu Minute härter und unbequemer. Jedesmal, wenn ich meine Position wechselte, schaute die hübsche, dunkelhaarige Frau am Empfang herüber. Als ich schließlich aufstand und zu der Glaswand ging, die sich hinaus auf den Patio öffnete, zuckte die Frau regelrecht zusammen. Ich warf ihr einen neugierigen Blick zu, aber sie senkte nur die Augen.

Im Hospiz herrschte heute eine seltsame Stille. Außer der Frau am Empfang hatte ich noch keine Menschenseele gesehen, und das Telephon hatte kein einziges Mal geklingelt. Selbst der Brunnen schwieg, das Wasser war abgedreht, und keine Brise bewegte die Fuchsien in ihren Hängeampeln. Es war allerdings keine friedliche Stille.

Die Anspannung der Empfangsdame hatte sich auch meiner bemächtigt. Als die schwere Eingangstür geöffnet wurde und dabei in den Angeln quietschte, zuckte ich zusammen. Ein Paar in mittleren Jahren, vermögend aussehend in teurem Tweed, kam herein. Die beiden sprachen mit der Empfangsdame, dann nahmen sie am entgegengesetzten Ende des Raums Platz. Ich war es allmählich leid, zu warten, und fragte die Frau am Empfang, wie lange Mrs. Bates denn noch ausbleiben würde.

»Ich bin sicher, es dauert höchstens noch ein paar Minuten.« Sie schaute mich nicht dabei an.

»Könnten Sie vielleicht telephonieren und es herausfinden?«

Ihre Hand bewegte sich in Richtung auf den Hörer, hielt dann mitten in der Bewegung inne. »Sie weiß, daß Sie hier warten. Sie wird sicherlich kommen, sobald sie frei ist.« Jetzt schaute sie hoch, und ich sah, daß sie mich geradezu mit ihren Blicken anflehte. Offenbar war die Bates die Ursache für ihre Nervosität.

Ich fragte: »Ist sie heute bei schlechter Laune?«

Ein Lächeln spielte um die Mundwinkel der Frau. »Heute, und gestern auch schon, genau gesagt, schon die ganze Woche. Wenn ich Sie wäre, würde ich Sie nicht –« Schritte waren hinter uns zu hören, und der Hauch eines Lächelns verschwand von den Lippen der Frau.

Ich drehte mich um und sah Mrs. Bates. Gekleidet in naturfarbene Seide, war sie so elegant wie bei unserer letzten Begegnung, aber um ihren Mund entdeckte ich Linien, die ich beim letztenmal noch nicht bemerkt hatte. »Ms. McCone«, sagte sie, »was kann ich heute für Sie tun?«

»Ich nehme an, Sie haben gehört, daß Jane Anthony ermordet wurde.«

»Die Polizei war hier und hat Nachforschungen angestellt. Und natürlich hat es in den Zeitungen gestanden.«

»Ich arbeite mit der hiesigen Polizei an der Aufklärung des Falles zusammen, und ich muß Ihnen ein paar zusätzliche Fragen stellen.«

»Ich habe den Kriminalbeamten bereits alles gesagt, was ich über Ms. Anthony weiß. Vielleicht sollten Sie mit ihnen sprechen.«

»Ich frage aber Sie lieber selbst.«

Die Bates warf einen Blick auf das Paar am anderen Ende der Empfangshalle, dann auf die Empfangsdame. »Mary, wer sind –«

»Verwandte eines eventuellen Patienten. Eine von unseren Freiwilligen wird sie herumführen, aber sie ist noch nicht da.«

Die Bates zog die Stirn in Falten. »Weiß sie denn nicht, daß sie pünktlich sein muß!«

»Das Ehepaar ist zu früh gekommen.«

»Ja, also… Ach, macht nichts.« Ann Bates wandte sich wieder an mich, und auf ihrem Gesicht machte sich jetzt deutliche Verzweiflung breit. »Ms. McCone, ich weiß, Sie versuchen nur, Ihre Arbeit zu tun, aber Sie behindern mich bei der meinen. Wie gesagt, ich schlage vor, Sie wenden sich an die Polizei.«

Ihre Stimme war jetzt lauter geworden, und das vermögend aussehende Paar drehte die Köpfe in ihre Richtung. Daraufhin wurde ich ebenfalls etwas lauter. »Sie müssen sich darüber im klaren sein, daß Sie, wenn Sie sich weigern, meine Fragen zu beantworten, die Untersuchung in einem Mordfall behindern.«

Der Mann wurde aufmerksam, und er und die Frau tauschten Blicke.

»Ms. McCone!« Mrs. Bates schaute entsetzt zu den beiden hinüber.

»Da Sie nicht mit mir sprechen wollen, kann ich nur annehmen, daß Sie oder ein anderer in diesem Hospiz etwas zu verbergen hat.«

Auf den Wangen der Bates erschienen jetzt hektische rote Flecken. Sie seufzte tief und sagte zur Empfangsdame: »Geben Sie keinen Anruf weiter, Mary.« Dann funkelte sie mich an. »Kommen Sie mit mir, Ms. McCone.« In eisigem Schweigen gingen wir durch einen Korridor in den Büroflügel.

Dann führte mich Ann Bates in ein Büro mit holzgetäfelten Wänden und Blick auf einen Zypressenhain. Es war mit einem großen, von Akten überhäuften Schreibtisch und einer Reihe metallener Aktenschränke möbliert. Mrs. Bates machte eine knappe Bewegung auf den Besucherstuhl vor dem Schreibtisch, dann setzte sie sich in den Sessel dahinter.

»Jetzt, nachdem es Ihnen gelungen ist, sowohl ›The Tidepools‹ als auch mich bei den Besuchern in ein schlechtes Licht zu setzen«, sagte sie, »was wollen Sie?«

»Ich muß Jane Anthonys Personalakte einsehen.«

»Ausgeschlossen.«

»Warum?«

»Personalakten sind vertrauliches Material.«

»Jane ist ermordet worden, und die Vertraulichkeit ist aufgehoben, solange es um die Aufklärung dieses Verbrechens geht.«

»Die Akte befindet sich im Besitz von ›The Tidepools‹.«

»Haben Sie sich geweigert, sie der Polizei zu zeigen?«

»Die Polizei hat nicht danach gefragt. Man fragte mich nur, ob ich mich an Ms. Anthony erinnerte.«

»Also muß ich sie erst recht sehen.«

Sie beugte sich vor, und ihre Augen funkelten. »Nein, Ms. McCone. Also werden Sie sie erst recht nicht zu sehen bekommen. Wenn die Polizei die Akten nicht einsehen wollte, geht Sie das schon gar nichts an.«

»Warum fragen wir nicht Allen Keller?« schlug ich vor.

Sie blinzelte mich wütend an. »Ich dachte, Mary hätte Ihnen schon gesagt, daß Doktor Keller heute nicht im Hause ist.«

»War er überhaupt schon einmal hier, seit Jane Anthony getötet worden ist?«

»Das geht Sie nichts an.« Aber der eisige Ausdruck verschwand aus ihren Augen, und sie biß sich auf die Unterlippe.

»Ich fürchte, es hat ihn schwer getroffen. Und es wäre nicht gut, wenn wir ihn wegen der Personalakte belästigen würden.«

»Ja, das mag sein.«

»Andererseits habe ich keine andere Wahl...«

»Ms. McCone, Allen – ich meine, Doktor Keller hat sehr schwere Tage hinter sich. Er hat mir erzählt, daß Sie ihn bis in sein Heim verfolgt haben.«

»Hat er Ihnen auch gesagt, daß er mich belogen hat, was seine Beziehung zu Jane Anthony betraf?«

»Das ist nur natürlich angesichts des Durcheinanders, das diese Frau in seinem Leben angerichtet hat. Ich möchte ihn jetzt wirklich eine Weile in Ruhe lassen.«

»Aber ich muß diese Akte sehen!«

Sie schwieg, und ihr Gesicht, das eben noch so unnahbar gewirkt hatte, zeigte jetzt tiefe Sorge. Ich dachte an Frauen aus meiner Bekanntschaft, die sich in ihre Chefs oder Mitarbeiter verliebt hatten. Sie wußten, daß sie sie an andere Frauen verlieren würden, und dennoch waren sie bereit, auf eine zukünftige Chance zu warten. War Ann Bates...?

Plötzlich schien sie eine Entscheidung getroffen zu haben. Sie stand auf und nahm einen Schlüssel aus ihrer Schreibtischschublade. »Wenn ich Ihnen in die Akte Einblick gewähre, lassen Sie dann Doktor Keller in Ruhe?«

»Hätte ich irgendeinen anderen Grund, mit ihm Kontakt aufzunehmen?«

»Natürlich nicht.« Entweder sie war nicht so schlau, wie sie glaubte, oder sie wollte einfach glauben, daß sie das richtige tat. Jedenfalls ging sie zu einem der Aktenschränke, öffnete ihn und faßte hinein. Dann richtete sie sich auf und schaute die Akten durch, schloß die Schublade, öffnete eine andere darunter und wiederholte die Prozedur. Als sie sich schließlich zu mir umwandte, war sie kalkweiß im Gesicht.

»Was ist?« fragte ich.

Sie schüttelte den Kopf und schob die Schublade zu. »Ich fürchte, ich kann Ihnen die Akten trotzdem nicht zeigen.«

»Warum nicht?«

»Weil sie nicht hier sind, Ms. McCone. Und soweit ich das beurteilen kann, sind auch noch andere Akten verschwunden.«

Ich ließ Ann Bates bei ihren Aktenschränken zurück, wo sie herauszufinden versuchte, was denn nun wirklich alles fehlte, und fuhr zu Allen Kellers Haus. Das Mädchen, das an die Tür kam, sagte mir, daß der Doktor nicht zu Hause sei, weigerte sich aber, mir mitzuteilen, wohin er gegangen war. Auf meinem Weg zurück zu meinem Wagen kam ich an der Garage vorüber; die Garagentür stand offen, die Garage war leer, also konnte es durchaus sein, daß das Mädchen die Wahrheit gesagt hatte. Ich überlegte einen Augenblick, dann fiel mir sein Kabinenkreuzer ein, die *Prinzessin Jane*, die im Jachthafen in der Nähe des Sand Dollar vertäut sein mußte. Es war einen Versuch wert. Ich fuhr hinaus und entdeckte den Kabinenkreuzer am Ende eines Steges. Das Gelände durfte nur von Mitgliedern des Jachtklubs betreten werden, verkündete ein Schild. Das Boot war mindestens zehn Meter lang und wirkte recht komfortabel. Ein ideales Versteck für Keller und Jane, um sich zu treffen.

An diesem Wochentag, kurz vor Mittag, lag der Jachthafen verlassen da. Als ich zu Kellers Boot hinausging, hörte ich nichts als die Schreie der Möwen und das ächzende Knarren der Taue. Doch dann vernahm ich noch ein Geräusch: das Klirren einer Flasche gegen ein Glas.

Keller saß auf einem Stuhl auf dem Achterdeck. Er trug eine abgeschnittene Jeans, aber kein Hemd. Als ich auf gleiche Höhe mit dem Boot kam, stellte er gerade eine Ginflasche auf einen Tisch neben sich.

Dann blickte er auf, sah mich, kniff die Augen zusammen und sagte: »Hauen Sie ab.«

Ich ging trotzdem an Bord.

»Sie lassen sich wohl keine Vorschriften machen, wie?« Er nahm sein Glas und trank es zur Hälfte in einem Zug aus.

»Nur selten.« Ich schaute mich um und entdeckte einen zweiten Stuhl. Keller beobachtete mich aus zusammengekniffenen Augen.

»Ich könnte Sie hier runterwerfen.« Aber es klang nicht bösartig.

»Könnten Sie, aber Sie sehen aus, als ob Sie etwas Gesellschaft brauchen könnten.«

Er zuckte mit den Schultern. Ich setzte mich ihm gegenüber.

»Woher wußten Sie, daß ich hier bin?« fragte er.

»Ich habe erraten, daß Sie und Jane sich hier zu treffen pflegten.«

Er hielt inne, das Glas auf halbem Weg zu den Lippen. »Hat da wer geplaudert... Wer?«

»Sie kennen ihn nicht.«

»Bestimmt nicht Ann Bates.«

»Nein, die nicht. Sagen wir, ich habe da ein Gerücht mitbekommen.«

»Ja. Klar. Das Gerücht kennt hier wohl jeder.« Er trank, dann fügte er hinzu: »Wenn Sie schon mal hier sind, dann trinken Sie wenigstens einen Schluck mit mir.«

Wenn es das war, was ihn zum Reden brachte, dann war ich dazu bereit. Außerdem war es heiß in der Sonne. »Ich trinke ein Bier, wenn Sie eines haben.«

»Unten im Kühlschrank müßte noch Bier sein.«

»Soll ich es holen?«

»Nein.« Er stand auf, ging zum Eingang der Kabine und verschwand. Kurz darauf tauchte er mit einer eisgekühlten Dose Bier wieder auf. Er reichte sie mir und langte dann selbst nach der Ginflasche. Seiner Sprechweise und seinen Bewegungen nach zu urteilen, war Keller noch nicht betrunken, aber es würde nicht mehr allzu lange dauern, bis es soweit war.

»Sie haben also ein Gerücht gehört, und Sie sind zu mir gekommen, um mich zu bemitleiden.« Seine Miene war spöttisch, und er zog die Mundwinkel abfällig nach unten.

»Janes Tod war ein schlimmer Schock für Sie, nicht wahr?«

»Das können Sie laut sagen.«

»Warum haben Sie mich belogen und gesagt, daß Sie Jane so gut wie gar nicht kannten?«

»Warum hätte ich Ihnen die ganze Geschichte erzählen sollen? Sie war ja gar nicht verschwunden – ich wußte es, und Sie wußten es auch, weil Sie mit ihrer Mutter gesprochen hatten.«

»Und Sie wußten es, weil sie bei Ihnen wohnte.«

Er schüttelte den Kopf. »Nein, nicht die ganze letzte Woche.«

»Wo war sie dann?«

»Irgendwo.«

»Wo?«

»Ich weiß es nicht. Und jetzt ist es ja auch egal.«

»Vielleicht nicht.«

»Doch.« Er trank einen Schluck Gin. »Jetzt ist es völlig egal.«

»Warum war sie nicht bei Ihnen?«

»Sie brauchte freie Hand, um ihre Untersuchung zu betreiben, und außerdem wollte sie mich auf keinen Fall hineinziehen.«

»Was für eine Untersuchung?«

Er machte eine Handbewegung, als versuche er, das zuvor Gesagte wegzuwischen.

»Was für eine Untersuchung?«

»Vergessen Sie's.«

Ein Telephon, das auf dem Deck neben der Tür zur Kombüse stand, begann zu klingeln. Keller erhob sich und ging hin, sprach dann mit dem Rücken zu mir.

Während er telephonierte, dachte ich an meinen Besuch in seinem Haus. Keller sagte vermutlich die Wahrheit, daß Jane nicht dort gewohnt hatte, sonst hätte er mich nicht so ohne weiteres eingelassen; außerdem hätte er mich schnell hinauskomplimentiert, wenn damit zu rechnen gewesen wäre, daß sie jeden Augenblick zurückkommen konnte. Aber was mochte das für eine Untersuchung sein? Was hatte sie herauszufinden versucht?

»Ich sage doch, machen Sie sich keine Sorgen!« Kellers Stimme war plötzlich laut geworden. »Die kommen schon wieder zum Vorschein…

Nein, ich komme heute nicht ins Büro... Ich weiß nicht, wann – du liebe Zeit, Ann, Sie brauchen doch nur alles in der Hand zu behalten. Oder ist das zuviel verlangt? Ich komme, sobald ich dazu in der Lage bin.« Er knallte den Hörer auf die Gabel und kam zurück, das Gesicht verzerrt vor Ärger.

»Ann Bates«, sagte ich.

Er funkelte mich an. »Sie scheinen sich ja gut auszukennen unter meinen Freunden und meinen Teilhabern.«

»Ich weiß, daß es Ann war, weil ich gerade von ›The Tidepools‹ komme. Sie hat wegen der fehlenden Akten angerufen, nicht wahr?«

Er seufzte und beugte sich vor, die Ellbogen auf die Knie, den Kopf in die Hände gestützt. »Die Akten fehlen nicht, sie sind nur verlegt. Mein Gott, warum bin ich heute bloß aufgestanden? Was, zum Teufel, geschieht hier eigentlich? Wann ist das alles so außer Kontrolle geraten?«

Ich wartete, aber er saß einfach da und starrte hinunter auf das Deck. Ich stand auf und sagte: »Sie können einen frischen Drink vertragen; ich hole etwas Eis und noch ein Bier –«

Er blickte auf. »Nein, das mache ich.« Diesmal waren seine Schritte schon unsicherer, als er auf die Kombüsentür zuging.

Ich wartete, bis er verschwunden war, dann stand ich auf und schaute hinunter. Ich sah eine kleine, komplett eingerichtete Küche, sonst aber nichts. Dann warf ich einen Blick auf das Telephon, das auf dem Boden stand, und notierte mir die Nummer. Als Keller zurückkam, saß ich wieder auf meinem Stuhl.

»Diese Untersuchung von Jane...« begann ich wieder, während ich meine Bierdose öffnete, dann trank ich einen tiefen Schluck.

Kellers besorgter Ausdruck kehrte zurück. »Wenn Sie nicht über Bord gehen wollen, hören Sie jetzt endlich auf damit. Ich weiß nicht, weshalb ich erlaube, daß Sie überhaupt noch hier sind.«

Aber ich konnte es erraten: Keller war ein Mann, der es angesichts seines Kummers nicht ertragen konnte, allein zu sein. Wie, um es zu beweisen, klangen seine Wörter schon ein wenig schleppend, als er jetzt weitersprach.

»Aber ich weiß ja auch sonst nichts mehr. Wie merkt man es, wenn das Leben außer Kontrolle gerät? Es gab einmal eine Zeit, in der ich dachte, ich hätte es alles, und jetzt weiß ich kaum noch, wann das war. Ich war ein Arzt, ein guter Arzt, und ich wollte den Menschen die Schmerzen lindern. Ich war in England, hatte gesehen, welche gute Arbeit sie dort in den Krankenhäusern leisten, und ich hatte genug Kapital geerbt, um selbst ein Hospiz zu gründen. The Tidepools. Um Schmerzen zu lindern. Mein Gott!«

»Aber Sie tun gute Arbeit dort.«

»Klar. Gute Arbeit. Und wir nehmen ihr Geld. Manchmal sogar... mein Gott.« Er goß sich Gin nach und trank einen großen Schluck. »Wissen Sie, wahrscheinlich ist es außer Kontrolle geraten, als ich Ann angestellt habe. Sie hatte den Kopf voller Ideen, wie man Profit machen könnte, und das hörte sich alles gut an, aber es hat das ursprüngliche Konzept verdorben. Aber warum ich sie überhaupt erst dort untergebracht habe und warum ich zugelassen habe, daß sie ihre Ideen durchsetzte, liegt daran, daß ich selbst schon aus dem Gleichgewicht geraten sein mußte. Verstehen Sie, was ich meine?«

»Ungefähr.«

»Autos. Der Country Club. Ein Haus in den Bergen. Dieses Boot. Frauen. Die Dinge, die sie von mir wollten: Teppiche, Kleider, Schmuck, Silber. Und immer, wenn sich eine als habgierig entpuppte, habe ich die nächste genommen. Und die hatte die gleichen Wünsche. Und dann kam Janie.«

»War sie denn anders?«

»O ja. Ja, sie war anders. Sie wollte für alles arbeiten. Als alles zum Teufel ging und es so aussah, als würde ich das Haus und die Autos und vielleicht sogar ›The Tidepools‹ verlieren, da hat sie sich keine großen Gedanken darüber gemacht. Sie ist nach San Francisco gefahren und sagte, sie würde schon eine Möglichkeit finden, um uns aus diesem Dilemma zu befreien.«

»Mit dem Gehalt einer Sozialarbeiterin?«

Das hätte ich nicht fragen dürfen. Er zog die Stirn in Falten und stellte sein Glas ab. »Ich rede zuviel. Das tue ich immer, wenn ich trinke. Ich trinke zuviel. Sie gehen jetzt besser.«

»Aber nein, was Sie gesagt haben, ist sehr interessant. Eine wahre Analyse der Werte unserer Zeit –«

Keller erhob sich. »Wie gesagt, Sie gehen jetzt besser.«

Ich ging. Aber am anderen Ende des Parkplatzes schaute ich beim Büro des Jachthafens vorbei. Es war geschlossen, und auf einem Zettel stand, daß jemand um halb zwei zurücksein würde. Das konnte mir helfen, falls mein Plan überhaupt klappte. Vor dem Büro war eine Telephonzelle, und ich trat hinein, nahm ein Zehncentstück und rief die Nummer von Kellers Boot an. Als er antwortete, verstellte ich meine Stimme, und sagte: »Doktor Keller, hier spricht Beth vom Büro.«

»Wer?«

»Beth. Sie kennen mich wahrscheinlich nicht; ich bin neu. Aber ich frage mich, ob Sie für ein paar Minuten hierherkommen können.«

Er seufzte. »Warum?«

»Es geht um die Dinge der Frau, die letzte Woche auf Ihrem Boot war.«

»Was für Dinge?« Sein Ton klang plötzlich wach und auf der Hut.

»Ach, hat sie Ihnen das nicht gesagt? Sie hat einen Schlüsselbund und ein Scheckbuch verloren. Eines der anderen Klubmitglieder hat sie gefunden. Die Sachen sind hier, und wenn Sie –«

»Ich komme gleich.«

Es war nur ein Versuch gewesen, aber es hatte gewirkt. Jetzt mußte ich mich beeilen. Ich lief über den Kies des Parkplatzes, zurück über die Landestege, und versteckte mich neben einem der Beiboote. Nach ein paar Minuten kam Keller über den Pier in Richtung auf das Büro. Wie gehofft, hatte er die Tür zur Bootskabine nicht verschlossen. Ich lief hinüber, den Steg hinauf aufs Boot. Es gab zwei Kajüten, dazwischen eine Kommode. Auf der Kommode stand ein kleiner, beigefarbener Koffer mit den Initialen JMA. Ich fragte mich flüchtig, wie Jane Anthonys zweiter Vorname lauten mochte.

Der Koffer war voller Kosmetika, Wäsche, Jeans und Pullover – alles unordentlich hineingeworfen. Ich sah den Inhalt des Koffers kurz durch, dann wandte ich meine Aufmerksamkeit dem Rest der Kabine zu. In einer Kajüte stand ein Pappkarton.

Als ich nach dem Karton langte, hörte ich ein Geräusch vom Deck her. Ich erstarrte und lauschte. Schritte kamen die Leiter herunter, dann tauchte Keller auf, mit dem Rücken zu mir, auf dem Weg in die Küche.

Er war früher zurückgekommen, als ich gehofft hatte. War ihm klargeworden, daß der Anruf nur ein Schwindel war? Würde er jetzt das Boot durchsuchen? Ich drückte mich flach gegen die Kabinenwand und wollte, der Karton mit den Akten wäre noch in meiner Reichweite.

Ich hörte, wie Eis aus einem Eiswürfelbehälter genommen wurde, dann das Knacken eines Verschlusses, vermutlich der einer neuen Flasche Gin. Kellers Stimme brummte angewidert: »Sollen Sie doch das Zeug behalten. Ich kann es nicht mehr brauchen. Und Janie auch nicht.« Dann hörte ich Glas splittern. »Mein Gott«, sagte Keller. Dann, nach längerem Schweigen, fügte er hinzu: »Du hast genug, mein Freund.«

Die Schritte verließen die Küche, und ich hoffte, er würde an Deck gehen und das Boot ohne die Akten verlassen. Doch er näherte sich der Kabine. Ich machte mich bereit, und als er durch die Tür kam, rannte ich an ihm vorbei und auf die Leiter zu.

Keller wirbelte herum. »He!«

Ich schlug mir das Knie an einer Sprosse an, hastete aber weiter nach oben.

»Kommen Sie herunter, verdammt noch mal!« Keller war direkt unter mir und packte mich an meinem Fußknöchel. Er hielt ihn fest, aber als er den Griff lockerte, kletterte ich nach oben. Keller kam die Leiter herauf und packte mich am Haar, riß mich zurück, daß ich aufschrie. Er drehte mir einen Arm auf den Rücken und schaute mich dann wütend an, wobei mir seine Gin-Fahne ins Gesicht wehte.

»Das war also wieder mal einer von Ihren raffinierten Tricks, wie?«

Ich versuchte mich freizumachen, aber er hielt mich fest.

»Sie haben gewußt, daß Jane hier gewohnt hat«, meinte er. »Na und?«

»Die Polizei wird sich bestimmt dafür interessieren.«

»Nicht, wenn sie feststellt, daß es keinen Hinweis auf ihre Anwesenheit gibt. Und wem wird man glauben – Ihnen oder mir?«

Ich versuchte mit aller Kraft, mich aus seinem Griff zu befreien, aber er hielt beide Arme hinter meinem Rücken fest und zerrte mich hoch.

»Sie wissen, daß Sie hier unerlaubt eingedrungen sind«, drohte er. »Eigentlich sollte ich die Polizei verständigen und ihr die Sache übergeben.«

»Warum tun Sie's dann nicht? Wenn sie erscheint, können wir uns ja über die Personalakten von ›The Tidepools‹ unterhalten, die da unten in dem Karton verpackt sind.«

»Warum sollten sie nicht hier sein? Ich wollte sie durchgehen, und hier ist es ruhiger als in meinem Büro.«

»Natürlich.«

»Wie gesagt, wer würde Ihren Hirngespinsten Glauben schenken?«

Er hatte recht; es waren schließlich seine Akten, und die Polizei würde ihm glauben, vor allem, wenn Ann Bates seine Aussagen bestätigte, und das war mehr als wahrscheinlich. Dennoch ließ ich es auf einen Bluff ankommen. »Also nehmen Sie den Hörer ab und rufen Sie Lieutenant Barrow an.«

Er schwieg einen Moment und atmete schwer. Dann kicherte er. »Nein, mit Ihnen hab' ich was Besseres vor.«

»Nämlich?«

Er drehte meinen Körper seitwärts, einer seiner Arme hakte sich unter meine Knie, den anderen legte er um meine Schultern. Ich versuchte mich freizumachen, aber er hob mich hoch und trat an die Reling.

»Behaupten Sie nicht, ich hätte Sie nicht gewarnt«, sagte er.

Und dann flog ich durch die Luft und klatschte flach auf das Wasser. Ich wollte schreien, schloß aber gerade noch den Mund, bevor ich unterging. Das Wasser war kalt und ölig. Als ich wieder auftauchte, mußte ich die Haare erst aus der Stirn streichen, um überhaupt etwas sehen zu können. Keller lehnte an der Reling und lachte brüllend.

»Das wird Ihnen eine Lehre sein. Vielleicht sind Sie das nächstemal nicht mehr so neugierig.«

»Lecken Sie mich am Arsch!« Es war eines der wenigen Male in meinem Leben, wo ich diesen wenig damenhaften Ausdruck benützte.

Dann begann ich in die entgegengesetzte Richtung zu schwimmen, auf den Hauptpier zu. Kellers Lachen folgte mir. Irgendwann im Lauf des Kampfes hatte ich beide Schuhe verloren, aber mein Rock hinderte mich am Schwimmen. Noch immer hörte ich Keller lachen, als ich endlich aus dem Wasser stieg und triefnaß auf meinen Wagen zulief.

Dafür wirst du mir büßen, schwor ich mir. Dafür wirst du mir büßen. Wenn ich diesen Fall abgeschlossen habe, hast du nichts mehr zu lachen, Allen Keller!

Kapitel 14

Sobald ich zurück war im Motel, rief ich Lieutenant Barrow an und berichtete ihm, was ich auf der *Princess Jane* herausgefunden hatte, wobei ich allerdings meine unfreiwillige Schwimmeinlage verschwieg. Er berichtete, sie hätten bereits mit Keller gesprochen – der behauptet habe, nicht zu wissen, wo sich Jane in der Woche vor ihrem Tod aufgehalten habe –, aber er beabsichtige, noch einmal mit ihm zu reden. Ich versprach Barrow, mich später wieder zu melden, dann legte ich auf und freute mich auf eine heiße Dusche. Bis ich angezogen war und das Haar fönte, war es nach vier.

Eines stand fest: Ich würde keinen Blick mehr in die Akten von ›The Tidepools‹ werfen können. Ich setzte mich aufs Bett und dachte über das Problem nach. Dann entschloß ich mich, die Sache anders anzugehen.

In der öffentlichen Bibliothek ließ ich mir noch einmal den Mikrofilm von der Woche geben, in der Barbara Smith ums Leben gekommen war. Ich las alle Ausgaben der Lokalpresse noch einmal gründlich, für den Fall, daß ich beim erstenmal etwas übersehen hatte, dann nahm ich mir die Todesanzeige vor. Dort wurde eine Schwester der Verstorbenen, Mrs. Susan Tellenberg aus Port San Marco, als nächststehende Angehörige genannt. Ich suchte im Telephonbuch, fand ihre Nummer und Adresse und rief an. Es klingelte zehnmal, ohne daß sich jemand meldete.

Als ich die Bibliothek verließ, war es schon dämmrig. Ich wollte nach Salmon Bay fahren und versuchen, mit Mrs. Anthony und John Cala zu sprechen, doch zuvor wollte ich bei der Polizeistation vorbeischauen und mich erkundigen, was Barrow bei seinem Gespräch mit Keller herausgefunden hatte. Barrow war nicht da, also hinterließ ich die Nachricht, ich würde mich wieder melden, und ging dann hinaus zu meinem Wagen.

Ich fuhr nach Norden über die inzwischen vertraut gewordene Küstenstraße nach Salmon Bay und parkte direkt vor dem Haus von Sylvia

Auf der linken Seite standen mehr Buden und das Karussell mit der Kuppel an der Spitze. Die Pferde waren abmontiert worden, und ohne sie sah es aus wie eine fliegende Untertasse drei Meter über dem Boden. Rechts lagen die Penny-Arkade, das Lachkabinett und der Tunnel der Liebe. Ich ging in diese Richtung, da ich hier mehr Deckung fand im Schutz der Buden.

Im Park war es so still, daß ich, wenn ich Cala nicht gesehen hätte, nicht glauben würde, außer mir würde sich noch ein zweites Lebewesen dort aufhalten. Ich warf einen Blick in die Penny-Arkade, konnte aber nichts erkennen. Der offene Schlund des Tunnels der Liebe ragte mir schwarz entgegen, und ich ging hinüber und schaute hinunter in den Wassergraben, in dem früher einmal die Boote geschwommen waren. Jetzt war er ausgetrocknet und voll mit Bierdosen und anderem Abfall. Dann ging ich die Treppe hinauf zum früheren Lachkabinett.

Als ich es betrat, zuckte ich zusammen, erschreckt von einer plötzlichen Bewegung. Ich wich zurück, und mein Herz pochte wie wild. Dann wurde mir klar, daß ich mich selbst gesehen hatte, gespiegelt in einer Vielzahl von Glassplittern. Der Spiegel, der einen klein und dick machte und dann wieder groß und mager, war zersprungen, hing aber noch an der Wand. Ich schaute hinein und sah mein Gesicht verzerrt und unwirklich. Mühsam beherrschte ich den Drang, nervös loszukichern, und ging wieder durch ein Labyrinth leerer Räume. Nichts. Cala mußte eine andere Richtung eingeschlagen haben, vielleicht auf das Karussell zu.

Ich hatte gerade wieder den Raum mit den Spiegeln betreten, als es geschah.

Erst hörte ich ein gedämpftes Stöhnen, dann einen dumpfen Fall. Ich erstarrte, lauschte, versuchte, den Ursprung der Geräusche auszumachen. Dann hörte ich Schritte, die sich rasch entfernten. Ich stürzte aus dem Lachkabinett und sah gerade noch eine dunkle Gestalt, die von der Einstiegsplattform des Tunnels der Liebe herunterkam und auf die Tür zuhastete, die zum Strand führte. Es konnte nicht Cala sein; die Gestalt war kleiner und schmächtiger.

Jetzt sah sie mich und wirbelte herum, dann warf sie sich zur Seite, während ich darauf zulief. Und dann hörte ich etwas klappern. Etwas kam auf mich zu gesaust und traf mich genau in den Magen. Ich stürzte vornüber und schleuderte dann gegen die Theke der Zuckerwatte-Bude.

Nachdem ich mich etwas erholt hatte, versuchte ich aufzustehen, aber ich war eingeklemmt zwischen einem großen Gegenstand und der Zuk-kerwatte-Bude. Dann hörte ich, wie die Tür zum Strand zufiel, jemand die Treppe hinunterlief.

Schließlich hatte ich mich freigemacht und blickte um mich. Aber ich konnte nichts erkennen zwischen den dunklen Pfeilern, mit denen der vordere Teil des Vergnügungsparks am Strand verankert war.

Ich lief nach unten und versuchte, den Strand zu überblicken. Nichts von einer flüchtenden Gestalt, niemand, der die Mole hinaufkletterte.

Und was war mit Cala geschehen? Sein Wagen stand noch da, was bedeutete, daß er sich noch im Vergnügungspark aufhalten mußte. Ich ging wieder die Treppe hinauf, massierte meinen Rücken, der ziemlich schmerzte, und schaute mich um. Es war wieder völlige Stille. Ich wartete eine Zeitlang in der Dunkelheit, dann nahm ich meine Taschenlampe aus meiner Handtasche und ging auf den Tunnel der Liebe zu.

Ich leuchtete den Schlund des Tunnels ab, dann ging ich die Treppe hinauf zu der Plattform, von der aus man die Boote bestieg. Ich richtete den Strahl der Taschenlampe nach unten. Zeitungen, Dosen und Flaschen lagen überall verstreut. Die Zeitungen waren mit einer dunkelroten Flüssigkeit bespritzt.

Ich erstarrte, dann bewegte ich den Strahl der Taschenlampe weiter und erschrak, er traf einen Fuß in einem Tennisschuh, dann ein Bein, den Rumpf und schließlich das Gesicht von John Cala. Er lag auf dem Rücken im Graben. Die Vorderseite seines Anoraks war blutgetränkt. Er mußte erstochen worden sein, da ich keinen Schuß gehört hatte, und das Messer hatte offenbar eine Schlagader getroffen, denn das Blut war in weitem Bogen herausgespritzt.

Ich trat zurück und taumelte fast die Treppe von der Plattform hinunter. Ich mußte mich erst einmal eine Weile am Geländer festhalten, lehnte mich dagegen, schloß die Augen und zwang mich, das Gefühl, mich erbrechen zu müssen, zu unterdrücken.

Blut. So viel Blut. Ein süßlich-erstickender Geruch. Und der Gestank von Fäkalien...

Mir drehte sich der Magen um, und ich lief die Treppe hinunter, stolperte und mußte mich dann doch übergeben. Da ich weder etwas gegessen noch getrunken hatte seit den zwei Bier auf Kellers Boot, wurde daraus nur ein trockenes Würgen. Es hörte nach einer Minute auf, und ich tastete mit der Hand am Boden herum, dort, wo mir meine Taschenlampe aus der Hand gefallen sein mußte.

Endlich fand ich sie und leuchtete die Umgebung ab. Früher hatte es im Park öffentliche Telephone gegeben, und ich fragte mich, ob sie noch funktionierten. Ich mußte die Polizei anrufen, ihr erklären...

Und was wollte ich der Polizei erklären? Warum ich diejenige war, die immer die Leichen in Port San Marco entdeckte? Wie würde das aussehen? Und vielleicht forderte mich Barrow jetzt auf, ihm etwas mehr über meinen Klienten zu verraten. Wenn er dahinterkam, daß ich gar keinen Klienten hatte...

Es war nicht zu ändern. Ich mußte eine Telephonzelle finden. Im Park schien es keine mehr zu geben, und das erleichterte mich ein wenig. So kam ich wenigstens schnellstens raus von hier. Als ich die Treppe zum Strand erreicht hatte, warf ich dem Tunnel der Liebe einen letzten Blick zu. Sein Schlund stand schwarz und gähnend offen wie ein Abgrund.

Kapitel 15

Musik drang aus Don Del Boccios Apartment ins Treppenhaus, als er herauskam und zu mir herunterschaute. Es klang nach Tschaikowsky. Ich stand da, eine Hand auf dem Geländer, und blickte nach oben.

Don trug einen grünen Frotteebademantel und lächelte breit. Sein schwarzes Haar war zerwühlt und fiel ihm in die Stirn. »Aber diesmal ist es bestimmt ein Privatbesuch!«

»Ich hoffe, es stört Sie nicht, wenn ich noch so spät hereinschneie.« Ich blieb unten stehen und lehnte mich gegen das Geländer. »Ich habe Ihre Nachricht im Motel erhalten, und ich – ich brauche jemanden, mit dem ich reden kann.«

Er zog die Brauen zusammen und schaute mich besorgt an. »Klar. Kommen Sie doch rauf.«

Als ich die Treppe hinaufging, fühlte ich mich unendlich müde. Oben angekommen, schaute mich Don sehr prüfend an, dann bat er mich hinein. Er deutete an, ich solle mich auf den Teppich setzen, und ging zur Stereoanlage. »Lassen Sie mich die Musik leiser stellen.« Ich ließ mich auf den Boden sinken.

Don ließ sich mir gegenüber nieder. »Was ist passiert?«

»Ich bin schon wieder auf eine Leiche gestoßen.« Und dann erzählte ich ihm, was ich beobachtet hatte und daß John Cala tot war.

Don schwieg einen Augenblick. »John. Mein Gott. Hatte ihn die Polizei nicht verdächtigt, etwas mit dem Tod von Janie zu tun gehabt zu haben?«

»Er hat sie vor mir gefunden.«

»Und jetzt hat ihn jemand umgebracht.«

»Auf die gleiche Weise und an einem ähnlich verlassenen Ort. Haben Sie Cala gekannt?«

Er nickte. »Jeder kennt jeden in Salmon Bay. John war ein Unruhestifter, und er war nicht besonders klug. Er hat die Schule vorzeitig verlassen und übernahm die Fischerei seines Vaters. Ich nehme an, er hat sich mit Fischen über Wasser halten können.«

»Aber er wohnte in einem kleinen Haus mit einem höchst ungepflegten Vorgarten.«

»Das hat nicht viel zu sagen; seine Familie hat immer so gewohnt. In Salmon Bay bleibt alles so, wie es vor Generationen war.«

»Das kann ich mir inzwischen gut vorstellen. Hatte er Angehörige?«

»Nein. Er hat zweimal geheiratet, soviel ich hörte. Die erste Frau ist bei einem Autounfall ums Leben gekommen, die zweite hat ihn verlassen. Angeblich, weil er sie verprügelt hat.«

»Glauben Sie, daß er das getan hat?«

»Möglich. Ich weiß, daß er ein ziemlicher Tyrann war. Da kommt das schon mal vor.«

Ich seufzte. »Nun, jetzt macht es nichts mehr aus. Er ist tot. Sein Mörder ist entkommen. Und die Polizei scheint zu glauben, daß die Mordfälle irgendwie meine Schuld sind.«

Don riß entsetzt die Augen auf. »Verdächtigt man Sie etwa?«

»Nein, das nicht. Sie meinen nur, ich hätte alles durcheinandergebracht. Wenn ich Cala nicht gefunden hätte, wäre er wohl dort liegengeblieben, bis der Vergnügungspark im nächsten Frühjahr abgerissen wird. Aber sind sie mir dafür dankbar? Nicht die Bohne. Und warum nicht? Weil ich Privatdetektivin bin. Und weil Privatdetektive immer alles durcheinanderbringen. Wenn ihn ein Polizeibeamter gefunden hätte, dann hätte der vermutlich eine Belobigung dafür bekommen.« Ich schwieg, teils aus Müdigkeit und teils aus Enttäuschung, und Don nahm meine Hand in die seine.

»Warum lassen Sie alles nicht vorläufig auf sich beruhen?« sagte er leise.

»Wie könnte ich das?«

»Entspannen Sie sich. Trinken Sie einen Schluck Wein.«

»Das wäre nicht schlecht.«

Er stand auf. »Und wie wär's mit etwas zu essen?«

Mein Magen drehte sich mir bei dem Gedanken um. »Nein, danke.«

»Doch.«

»Bitte, nicht.«

»Sie müssen etwas essen. Das wird Ihnen guttun.«

»›Mutter‹ Del Boccio.«

»Nur zu. Ich bin schließlich Italiener.«

»Was hat das damit zu tun?«

»Alles.«

Er ging in die Küche und kehrte mit Rotwein, Käse, Salzgebäck, einer Schüssel mit schwarzen Oliven und Salami zurück.

»Sie sorgen sich so um mich«, bemerkte ich gerührt.

Er setzte sich. »Bedienen Sie sich.«

Zu meiner Überraschung brachte ich dann doch ein paar Happen hinunter. Es entspannte mich, ohne mich von dem Mord an Cala abzulenken.

»Wenn ich bloß wüßte, warum er zu dem Vergnügungspark gegangen ist. Ich weiß nur, daß er sich dort mit jemandem getroffen hat. Mit wem?«

Don lächelte. »Immer nur Fragen, wie?«

»Das ist mein Beruf. Ich habe immer die richtigen Fragen zu stellen gewußt. Und die Leute beginnen in meiner Gegenwart zu reden. Ich bin ein Fremder für sie, und dennoch erzählen sie mir oft Dinge, die sie ihrem besten Freund nicht anvertrauen würden.«

»Sie haben ein offenes Gesicht. Und Sie sehen nicht so aus, als ob sie über einen Menschen urteilen würden.« Dons Blick glitt über mein Gesicht. Ich lächelte und lehnte mich zurück, fühlte mich wohlig und endlich auch entspannt. Der Wein tat seine wohltuende Wirkung und ließ mich die Realität für eine Weile vergessen.

»Ich habe immer zu viele Fragen gestellt«, sagte ich und wußte, daß ich mich damit wiederholte. »Meine Mutter war deshalb oft wütend auf mich. ›Warum, warum, immer warum!‹ schimpfte sie. ›Warum fragst du immer warum?‹«

Don lachte leise und stand auf. Er schaltete die Lichter aus, brachte einen Kerzenleuchter von der Küche herüber und stellte ihn auf den Teppich. Dann legte er sich neben mich, stützte den Ellbogen auf ein Kissen und den Kopf auf die Hand.

»Erzählen Sie mir von sich«, bat er. »Sie haben mir Anfang der Woche die richtigen Fragen gestellt, und ich habe Ihnen die Geschichte meines Lebens erzählt. Jetzt sind Sie an der Reihe.«

»Da gibt es nicht viel zu erzählen. Ich bin aus San Diego, habe in Berkeley Soziologie studiert und konnte keinen passenden Job finden. Ich habe halbtags während des Studiums bei der Aufsicht in einem Warenhaus gearbeitet, also ging ich nach dem Examen wieder dorthin und wurde zum Detektiv ausgebildet.«

»Und Ihre Familie?«

»Eine durchschnittliche Familie der Mittelschicht.«

»Schwer zu glauben, daß eine durchschnittliche Familie so etwas wie Sie hervorbringt.«

»Hm – da können Sie recht haben. Wenn ich es genau überlege, bin ich eigentlich noch die Normalste der ganzen Familie.«

»Erzählen Sie mir von Ihrer Familie.«

Ich schloß die Augen und versuchte, mir das alte, große Haus meiner Eltern in San Diego vorzustellen und alle die Menschen, die irgendwann einmal dort gewohnt haben. »Ich habe zwei ältere Brüder. Einer ist verheiratet und hat zwei Kinder, der andere ist ledig. Sie geraten dauernd in Konflikt mit dem Gesetz.«

»Die Kinder oder Ihre Brüder?«

»Meine Brüder. Die Kinder sind noch zu klein.«

»Was stellen sie denn an?«

»Meistens Kleinigkeiten. Sie bezahlen ihre Strafzettel nicht, machen manchmal Randale in den Bars. Mein Bruder John hat mal einen Polizisten niedergeschlagen. Und dann habe ich noch zwei jüngere Schwestern.«

»Schlagen die auch Polizisten k. o.?«

»Nein. Ihre Spezialität sind Schwangerschaften.«

»Aha.«

»Die eine lebt auf einer Farm in der Nähe von Ukiah. Sie hat drei Kinder, jedes von einem anderen Mann. Meine andere Schwester wohnt in einem Vorort von Los Angeles. Sie hat vier Kinder und ist mit einem Musiker verheiratet.«

»Alles seine Kinder?«

»O ja. Im Gegensatz zu Patsy ist Charlene ausgesprochen treu. Das ist das Problem.«

»Das Problem?«

Ich öffnete die Augen. Don hatte ein amüsiertes Lächeln auf den Lippen, und das Kerzenlicht flackerte auf seinem gebräunten Gesicht. »Charlenes Mann verläßt sie immer wieder. Nicht wegen irgendeiner anderen Frau – aber um mit seiner Country-und-Western-Band umherzureisen. Er ist manchmal sechs, acht Monate unterwegs, und wenn er wieder da ist – rumms, ist sie wieder schwanger.«

»Das hört sich so an, als ob sie die Kinder wollte.«

»Ganz bestimmt. Sie sind erst seit fünf Jahren verheiratet. Weiß Gott, wie viele Kinder sie am Ende haben werden.«

»Und wie steht es bei Ihnen?« Don strich mit dem Finger über meine Wange. »Wollen Sie Kinder?«

»Ich habe noch nie darüber nachgedacht. Mein Gott – ich weiß ja nicht einmal, ob ich heiraten möchte.«

»Und ich wette, Ihre Mutter macht sich darüber große Sorgen.«

»Natürlich. Darüber und über die Tatsache, daß ich ständig in Mordfälle verwickelt werde. Meine armen Eltern. Sie wollten guterzogene, katholische Kinder – und was ist aus ihnen geworden!«

»Wie werden sie damit fertig?«

»Meine Mutter ist zu bewundern, wenn es gilt, mit etwas fertigzuwerden. Sie hält die Familie zusammen, ganz gleich, wie dick es von allen Seiten kommen mag.«

»Und Ihr Vater?«

»Als wir jünger waren, haben wir ihn nicht oft gesehen. Er war Offizier bei der Marine und liebte den Dienst auf hoher See. Jetzt ist er pensioniert und arbeitet als Tischler. Wenn es ihm zuviel wird, geht er einfach in seine Werkstatt in der Garage und spielt auf seiner Gitarre.«

»Was? Noch ein Musiker in der Familie?« Dons Finger hatten aufgehört, mein Gesicht zu liebkosen; nun blickte er auf mich herunter.

Ich lachte. Es machte mir Spaß, von meiner exzentrischen Familie zu sprechen. »Nur ein Amateur.«

»Was spielt er denn? Rock?«

»Nein. Irische Volksballaden.«

»Ich dachte, McCone ist ein schottischer Name?«

»Schottisch-irisch.«

»Aber Sie sehen indianisch aus.«

»Ich habe indianisches Blut.«

»Meine Güte.« Er strich mir eine Haarsträhne aus dem Gesicht. »Haben Sie gewußt, als Sie aufwuchsen, daß Ihre Familie – etwas ungewöhnlich ist?«

»O nein. Jahrelang dachte ich, daß ich wie jeder andere bin. Erst auf der Highschool ist mir dann das eine oder andere aufgefallen.«

»Wodurch?«

»Das ist eine lange Geschichte.«

»Wir haben die ganze Nacht Zeit.«

»Da haben Sie allerdings recht.«

Eine Sekunde lang tauschten Don und ich einen ernsten Blick. Dann sagte ich: »Ich bin vermutlich dahintergekommen durch unseren Corvair. Sie wissen, einer von diesen kleinen Wagen mit dem Motor im Heck.«

Don nickte.

»Eines Tages, ich war in der zehnten Klasse, habe ich einer Freundin davon erzählt. Wissen Sie, wir hatten so viel Zeug in unserer Garage, daß wir den Wagen nie ganz hineinfahren konnten. Im Winter stand das Heck heraus, und der Motor wurde kalt und sprang nicht an.

»Bis jetzt kann ich folgen.«

»Jeden Abend«, fuhr ich fort, »wenn es Zeit war zum Zubettgehen, ging mein Vater mit seiner Arbeitslampe hinaus zum Wagen. Er steckte sie ein, schaltete sie an und ließ die Lampe im Wagen, um den Motor warmzuhalten. Dann nahm er ein paar alte Decken und wickelte sie um das Heck des Wagens.«

Don öffnete den Mund, aber ich hielt ihm abwehrend die Hand entgegen. »Ich weiß, was Sie sagen wollen. Genau das, was meine Freundin sagte. Ich erzählte ihr die Geschichte und wie schlau mein Vater sei, daß es ihm gelinge, trotz allem den Motor warm zu halten, und sie sagte...« Ich begann zu lachen. »Sie sagte völlig logisch: ›Warum fährt er dann den Wagen nicht einfach andersherum in die Garage?‹«

Don begann ebenfalls zu lachen, und dann lachten wir immer lauter. Schließlich lagen wir auf dem Boden, keuchten vor Lachen, und nach ein paar Minuten hob Don den Kopf, schaute mir ins Gesicht und küßte mich.

Der Wein und meine Müdigkeit erweckten ein Gefühl, als ob ich schwebte. Und dann fühlte ich seine Hände auf meinem Körper.

Bald lagen wir nackt nebeneinander auf dem Boden, und wir verschmolzen ineinander in einer zarten, aber zugleich kräftigen Vereinigung.

Irgendwann im Lauf der Nacht krochen wir ins Bett, schliefen entspannt ein, wobei wir uns in den Armen hielten. Und gegen Morgen erwachte ich aus einem Traum, in dem ein Corvair in eine blutbespritzte Decke eingewickelt war. Erwachte, weil mir eingefallen war, warum John Cala zu dem alten Pier hinausgegangen sein konnte.

Ein Wagen. Das Auftauchen eines Wagens, den er erkannt zu haben glaubte.

Kapitel

16

Das Sonnenlicht des Vormittags, das auf dem Wasser der Salmon Bay schimmerte, war blaß wie nicht selten im Herbst, und man spürte einen Hauch von Kühle in der Luft. Ich parkte in der Hauptstraße und warf einen Blick auf »Roses Krabbenhütte«.

Eine Stunde zuvor, nachdem ich Barbara Smiths Schwester angerufen, sie aber nicht erreicht hatte, war ich von Don zum Frühstück verwöhnt worden mit Rührei, Würstchen, Bratkartoffeln und Toast. Dennoch dachte ich, daß eine Tasse Kaffee nicht schaden konnte, und hier in der Krabbenhütte fände sich vielleicht die Gelegenheit zu einem Gespräch über die Ereignisse jenes Abends, an dem Jane Anthony ums Leben gekommen war. Ich stieg aus dem Wagen, überquerte die Straße und betrat das kleine Lokal.

Drinnen saßen mehrere Gäste, und der weißhaarige Wirt hockte hinter der Theke. Ich sah zwei Männer in Fischerkleidung, außerdem eine Frau mit einem etwa achtjährigen Mädchen. Ich wollte mich an die Theke setzen, aber der Alte erhob sich und fragte: »Was wollen Sie hier?«

Im Raum wurde es sehr still.

»Ich wollte eine Tasse Kaffee«, sagte ich.

»Nicht bei mir.«

»Warum nicht?«

Der alte Mann kam um die Theke herum und blieb dicht vor mir stehen. Er war etwa so groß wie ich und schmächtig, stemmte die Hände in die Hüften und streckte das stoppelige Kinn drohend vor, so daß ich es nicht wagte, mich einfach zu setzen.

»Warum nicht?« wiederholte ich.

»Wir wollen Leute wie Sie nicht hier bei uns haben.«

»Was sind das für Leute?«

»Unruhestifter. Sie haben uns nur Unruhe gebracht.«

»Wodurch?« Ich merkte, daß inzwischen alle Anwesenden unser Gespräch belauschten.

Der Alte langte nach einer zusammengefalteten Zeitung, die auf der Theke lag, und wedelte damit in meine Richtung. »Da steht alles. Erst die Tochter von Mrs. Anthony, und jetzt John Cala.«

»Ich habe sie nur gefunden, das müssen Sie doch wissen. Ich habe sonst nichts damit zu tun.«

»Sagen Sie.«

»Hören Sie, ich versuche, der Polizei zu helfen, herauszufinden, wer es getan hat. Ich wollte Sie fragen, ob jemand von Ihnen einen Wagen in der Nähe des alten Piers gesehen hat, an dem Abend, als Jane Anthony gestorben ist.«

Er kam einen Schritt näher. »Ich war die ganze Zeit hier hinter der Theke. Das müßten Sie wissen.«

Ich wich zurück, schaute mich zugleich um. »Und was ist mit den anderen? Hat einer von Ihnen in dieser Nacht einen Wagen beobachtet?«

Alle schwiegen. Das kleine Mädchen hielt sich die Hand vor den Mund.

Der Alte kam wieder näher, und ich wich einen Schritt zurück. Er hielt die Zeitung zusammengefaltet in der Hand, als wolle er damit im nächsten Augenblick zuschlagen.

»Denken Sie nach«, bat ich, »jemand muß doch irgend etwas gesehen haben.«

»Das hat die Polizei auch gesagt. Und ich hab' ihr dieselbe Antwort gegeben. Niemand hat hier irgend etwas gesehen.« Wir hatten inzwischen die Tür erreicht, und der Alte hielt sie mir auf.

Er machte eine ungeduldige Bewegung und scheuchte mich hinaus. »Wir wollen nur in Ruhe gelassen werden, Lady. Das ist alles, was wir hier wollen.« Dann knallte er die Tür hinter mir zu.

Bei meinem Wagen angekommen, blieb ich stehen und schaute mich um. Die Tür der Krabbenhütte war wieder offen, und der Alte stand davor und schaute böse zu mir herüber. Auch die anderen Gäste waren herausgekommen und beobachteten schweigend die Szene. Auf einmal kam mir das Verhalten lächerlich vor, und ich setzte mich in meinen Wagen und fuhr weiter bis zur Shorebird Bar, wo ich anhielt und hineinging.

Im Lokal war es dunkel; eine lange, zerkratzte Theke und ein von

Fliegen verdreckter Spiegel, was mich an die Remedy Lounge in San Francisco erinnerte. Die Schürze des Barkeepers war allerdings sauberer, und die Gläser sahen so aus, als ob sie in jüngster Zeit gewaschen und poliert worden wären. An der Theke saßen zwei Gäste und würfelten. Ich setzte mich auf einen Hocker, der drei oder vier Plätze von ihnen entfernt war, und bestellte ein Bier. Der Barkeeper schaute mich erst an, als wolle er sich weigern, mich zu bedienen, dann zuckte er mit den Schultern und brachte mir das Bier. Ich fragte ihn nach den Ereignissen des Abends, an dem Jane gestorben war.

Er zog die Stirn in Falten und begann die Theke mit einem Lappen zu polieren. »Da war viel los hier. Abends ist hier meistens viel los. Mir ist nichts Besonderes aufgefallen, bis die Sirenen geheult haben.«

»Fahren viele Leute dort hinunter?«

»Nein. Wozu auch? Das hat mich die Polizei übrigens auch gefragt, und ich konnte auch nichts anderes sagen.« Dann schaute er mich argwöhnisch an. »Und warum fragen Sie?«

»Ich arbeite mit der Polizei zusammen.«

»Ach? Mit wem denn?«

»Mit Lieutenant Barrow.«

Offenbar kannte und mochte er Barrow, denn er nickte und rief dann hinüber zu den beiden anderen Gästen: »He, Jungs, erinnert ihr euch an den Abend, als Mrs. Anthonys Tochter umgebracht wurde?«

Sie hielten im Würfeln inne und schauten zu uns her. Die Männer waren beide ungefähr Ende fünfzig. Einer sagte: »Und ob ich mich erinnere. Eine verdammte Schweinerei.«

Dann zögerten sie und tauschten Blicke.

»Sie ist okay«, beruhigte der Barkeeper. »Sie hilft einem Freund von mir bei der Polizei.«

»Die Polizei kann jede Hilfe brauchen«, meinte der schlankere von beiden.

»Sogar von einer Lady«, fügte der andere hinzu.

Ich fragte: »War einer von Ihnen in der betreffenden Nacht hier?«

»Wir waren beide hier, weil wir immer hier sind.« Der Dicke grinste listig. »Wir sind nämlich Stammgäste.«

»Ich möchte wissen, ob jemand einen Wagen gesehen hat, draußen beim alten Pier. Es müßte eine halbe oder dreiviertel Stunde gewesen sein, bevor man die Sirenen hörte.«

Beide legten die Stirn in tiefe Falten. Dann nickte der Dicke. »Es war ein Wagen draußen, aber ich weiß nicht, wie lange vor den Sirenen.«

»Was für ein Wagen, erinnern Sie sich?«

»Ich könnte nicht sagen, was für eine Marke. Ein ausländischer, weil wir nicht viele davon in der Gegend haben. Rot. Ziemlich ramponiert. Der Motor hat sich angehört, als ob er Husten hätte.«

Die Erregung, die mich ergriffen hatte, wich. Der Wagen, den er eben beschrieben hatte, war meiner.

»Hilft Ihnen das etwas?« fragte der Dicke.

»Vielleicht. Haben Sie außer diesem noch andere Wagen gesehen?«

Er schüttelte den Kopf. »Ich war grade erst an den Pier gekommen. Aber wenn Sie wollen, können wir ein paar andere Jungs fragen.«

»Ja, bitte. Und – vielen Dank.« Ich stand auf. »Ich komme dann später noch mal vorbei.«

Der Barkeeper nickte und polierte weiter die Theke. Und die »Jungs« machten sich wieder an ihr Würfelspiel.

Ich blieb einen Augenblick draußen stehen, dann schaute ich hinunter zum Pier. Bisher hatten meine vormittäglichen Bemühungen kein Ergebnis gebracht, und ich fragte mich, warum ich mir überhaupt die Mühe machte. Die Polizei hatte vermutlich alle Bewohner befragt und war wohl auch zu keinem brauchbaren Ergebnis gekommen. Es war sinnvoller, wenn ich in die Stadt zurückfuhr und es noch einmal bei Barbara Smiths Schwester versuchte.

»Lady?« Die Stimme ertönte hinter meinem Rücken.

Ich drehte mich um. Es war das kleine Mädchen, das mit seiner Mutter in der Krabbenhütte gewesen war. Es trug Jeans und ein blaues T-Shirt und war barfuß. Das blonde Haar war zu einem Pferdeschwanz gebunden und wurde mit einer rosa Spange aus Plastik festgehalten.

»Hallo«, sagte ich. »Wie heißt du denn?«

»Rachel.«

»Ein hübscher Name. Wo ist deine Mama?«

Die Kleine deutete auf das Geschäft weiter unten in der Straße. »Beim Einkaufen. Und ich darf nicht mit dir reden.«

»Warum nicht?«

»Sie sagen, du bist ein Außenseiter. Wir mögen keine Außenseiter hier.«

Mein Gott, dachte ich, hier werden sie aber schon jung abgerichtet. »Wer mag sie nicht?«

Sie schaute nach unten auf ihre kleinen Zehen. »Meine Mama. Und mein Dad. Eigentlich alle.«

»Und du?«

Jetzt richtete sie ihre großen Kinderaugen auf mein Gesicht. »Ich hab' nichts gegen Fremde. Oder wenigstens nichts gegen dich. Und dein Wagen gefällt mir gut.«

»Wirklich?«

»Ja. Darf ich mich reinsetzen?«

»Aber wird dann nicht deine Mama böse?«

Sie warf einen Blick in das Geschäft. »Die bleibt noch lange dort. Sie hat eine ganz lange Einkaufsliste. Darf ich mich in deinen Wagen setzen? Bitte!«

»Okay«, sagte ich. »Komm mit.«

Wir gingen die paar Schritte zu meinem Wagen, und ich hielt der Kleinen die Beifahrertür auf. Rachel sprang hinein und bestaunte das Armaturenbrett. Ich blieb neben dem Wagen stehen, wollte vermeiden, daß man mich auch noch der Kindesentführung verdächtigte.

»Funktioniert das Radio?« fragte Rachel.

»Ja. Willst du es ausprobieren?«

»Bitte.«

Ich langte hinein, steckte den Zündschlüssel ins Schloß, dann schaltete ich das Radio ein. Die Stimme eines Diskjockeys, die gerade einen Boogie-Wettbewerb im Stil der fünfziger Jahre für das kommende Wochenende ankündigte. Dabei mußte ich an Don denken, und das vermittelte mir ein überaus angenehmes Gefühl.

»Das Radio im Auto von meinem Dad ist kaputt«, sagte Rachel. »Schon seit Jahren.«

Ich wandte wieder meine Aufmerksamkeit der Kleinen zu. »Wirklich?«

»Ja.« Rachel drehte sich mir zu, hatte die Unterarme auf das Fenster gestützt und blickte zu mir hoch. »Eigentlich wollte ich bei dir im Wagen sitzen, um über das zu reden, was du vorhin da drin gesagt hast.« Sie zeigte in Richtung auf die Krabbenhütte.

Ich hatte von Anfang an vermutet, daß sie sich nicht nur für meinen Wagen interessierte. »Und was ist das?«

»Über die Autos an dem Abend, als die Lady umgebracht worden ist. Ich darf eigentlich auch nicht wissen, daß die Lady umgebracht worden ist, aber ich weiß es. Und ich habe etwas gesehen.«

»Erzähle!«

Sie schaute sich um. »Ich kann nicht.«

»Warum nicht?«

»Meine Mama hat es mir verboten. Sie hat gesagt, ich soll es vergessen, damit wir nicht hineingezogen werden. Man darf sich nie irgendwo hineinziehen lassen.«

Ich kauerte mich neben den Wagen. »Rachel, deine Mama hat ganz recht. Manchmal ist es sehr schlecht, wenn man in etwas hineingezogen wird. Aber manchmal ist es auch furchtbar wichtig. Dann, wenn man anderen dabei helfen kann.«

»Wie dir?«

»Ja, wie mir.«

Sie überlegte ernst. »Und wenn du das von dem Wagen weißt, dann hilft es dir?«

»Ja.«

»Viel?«

»Eine ganze Menge.«

Die Kleine nickte, als hätte sie das bereits gewußt. Dann sagte sie: »In dem Geschäft gibt es eine wunderbare Garfield-Puppe. Ich spare schon die ganze Zeit darauf und hab' auch schon fast genug. Nur zwei Dollar fehlen mir noch.«

Das überraschte mich so, daß ich den Mund weit offenstehen ließ.

»Nur zwei Dollar«, wiederholte Rachel.

»Haben dir deine Eltern auch diese Taktik beigebracht?« murmelte ich.

»Was?«

»Nichts.« Ich kramte in meiner Handtasche und hielt dann die zwei

Dollarnoten hoch. »Ich gebe dir zwei Dollar, und du erzählst mir von dem Wagen, ja?«

»Ja.« Sie langte nach den Scheinen.

Ich zog sie zurück; die Vorstellung, von einem Kind erpreßt zu werden, war mir mehr als unangenehm. »Sag es mir erst.«

Sie schob die Unterlippe vor. »Und woher soll ich wissen, daß du mir dann das Geld gibst?«

Rachel war recht durchtrieben, wie ich feststellte. »Keine Sorge, du bekommst das Geld schon.«

»Also gut.« Sie beugte sich vor, und ihr kleines Gesicht wirkte vertraulich. »An dem Abend hab' ich im Vorgarten vor unserem Haus gespielt.« Sie deutete die Straße entlang. »Ich durfte eigentlich nicht draußen sein, meine Mama hat gedacht, ich bin in meinem Zimmer. Aber ich mag es draußen, wenn es dunkel ist.«

Ich warf einen Blick auf das Geschäft. Rachels Mutter war nirgends in Sicht, aber ich fürchtete, sie könnte jeden Augenblick herauskommen. »Was hast du gesehen, Rachel?«

Sie zog wieder eine Schnute.

Ich hielt die zwei Dollarscheine hoch.

»Ich habe einen Wagen gesehen, der dort hingefahren ist. Zum alten Pier, meine ich. Er hat geparkt und dann die Lichter ausgeschaltet.«

»Was für ein Wagen?«

»Wie der von meinem Dad. Deshalb habe ich es mir gemerkt.«

»Und was für einen Wagen hat dein Dad?«

»Einen VW. Einen dunkelblauen VW.«

»Und das war auch ein VW?«

»Ja, ein blauer oder schwarzer, genau wie der von meinem Dad.«

»Und was geschah dann?«

»Meine Mama ist rausgekommen und hat nach mir gerufen. Und ich bin rein ins Haus.«

Ausgerechnet ein VW! dachte ich – einer der Wagen, die am häufigsten auf den Straßen Kaliforniens anzutreffen waren. Immerhin, es konnte ein Hinweis sein. Ich gab Rachel die versprochenen zwei Dollar. Sie ergriff die Scheine rasch und stopfte sie dann in ihre Tasche. Ich erhob mich und öffnete ihr die Tür des Wagens.

»Vielleicht sagst du deiner Mama nicht, daß wir miteinander gesprochen haben«, schlug ich vor.

»Ich sage nie was, wenn ich nicht muß.« Sie sprang aus dem Wagen und lief auf das Geschäft zu. »Danke, Lady«, rief sie mir noch über die Schulter hinweg zu.

Was für eine höfliche, kleine Erpresserin! War das die Schuld der Eltern? fragte ich mich. Oder des Fernsehens? Oder lag das hier in der Luft? Und was war mit Erwachsenen wie mir, die kleine Kinder mit Geld lockten?

Ich beschloß, nicht näher darüber nachzudenken, und fuhr zurück nach Port San Marco.

Kapitel 17

Ich betrat das »Mission Inn«, um Barbara Smiths Schwester Susan Tellenberg anzurufen und um festzustellen, ob ich angerufen worden war. Es lag nur ein Anruf vor – von Abe Snelling, ausgerechnet! Vielleicht wollte mich der Photograph doch wieder engagieren. Ich rief seine Nummer in San Francisco an. Er meldete sich augenblicklich.

»Danke, daß Sie anrufen«, sagte er. »Hank Zahn hat mir mitgeteilt, wo ich Sie erreichen kann. Es stand hier in den Zeitungen, daß Sie diesen Toten gefunden haben. Er war derjenige, den man ursprünglich verdächtigt hatte, Jane ermordet zu haben, nicht wahr?«

»Ja.«

»Und glauben Sie, daß er es getan hat?«

»Nein. Ich glaube, er wußte, wer es getan hat, und deshalb mußte er sterben.«

Danach herrschte längeres Schweigen. Und als Snelling dann wieder sprach, klang seine Stimme ganz verzagt. »Man ist also dem Mörder noch immer nicht näher auf der Spur?«

»So ist es.«

»Ist noch etwas über Jane herausgekommen?«

»Wie meinen Sie das?«

»Na ja, irgend etwas, das... Ich weiß nicht. Was erklären würde, warum sie ermordet wurde.«

Ich fühlte, daß Snelling an etwas ganz Bestimmtes dachte, es aber nicht sagen wollte. »Nun, ich habe zum Beispiel herausgefunden, wo sie sich in der Woche vor ihrem Tod aufgehalten hat. Bei einem Freund auf seinem Boot, wo sie eine Untersuchung durchführte.«

»Eine Untersuchung?« Jetzt klang Snellings Stimme sehr erstaunt.

»Ich weiß noch nichts Genaueres. Ich nehme an, Jane wollte einen zurückliegenden Mord klären, der sich an ihrem früheren Arbeitsplatz ereignet hatte, einem Hospiz mit Namen ›The Tidepools‹. Sie war dabei, die Personalakten durchzugehen – ihr Freund, Allen Keller, ist Mitbesitzer des Hospizes und hat ihr vermutlich die Akten verschafft.«

»Aber warum, um alles in der Welt, hat sie das getan?«

»Sie muß eine Ahnung gehabt haben, wer der Mörder war, und wollte es anhand der Unterlagen bestätigen.«

»Aber warum?«

Ich zögerte. Snelling war immerhin Janes Freund gewesen, und das, was ich zu sagen hatte, würde ihm wehtun. Aber sie waren zugegebenermaßen keine allzu engen Freunde gewesen... »Ich nehme an, sie hatte die Absicht, den Mörder zu erpressen. Ihr Freund hier ist in einer schlimmen finanziellen Situation, und vielleicht hat sie versucht, ihm auf diese Weise aus der Patsche zu helfen. Sie ging ursprünglich nach San Francisco mit der Absicht, ihn von seinen Schwierigkeiten ›freizukaufen‹.«

Wieder überraschte mich Snelling mit seiner Reaktion. Er sagte ganz beiläufig: »Sie meinen, Jane kam hierher, um diesen Mörder zu suchen.«

»Oder nach einem Hinweis, der sie auf seine Spur brachte.«

»Erstaunlich.« Aber es klang gar nicht so, als ob er es erstaunlich fände. Snelling war meines Erachtens ein Mensch, der andere Charaktere gut beurteilen konnte, und diese neue Information paßte zu dem, was er schon längst von Jane vermutete.

»Wollen Sie, daß ich den Fall neu aufrolle?« fragte ich.

Er ignorierte die Frage. »Hat die Polizei denn diese Personalakten gesehen?«

»Ich glaube, sie bekam gar keine Gelegenheit dazu. Keller wußte, daß ich sie auf dem Boot entdeckt hatte, daher hat er sie vermutlich so schnell wie möglich ins ›The Tidepools‹ zurückgeschafft. Die Polizei könnte sie nur mit einer richterlichen Anordnung einsehen, und ich glaube, dazu war inzwischen noch nicht die Zeit.«

»Ich verstehe.«

»Abe, wollen Sie denn nicht, daß ich –«

»Nein. Jane ist tot, und außerdem wäre es nur Geldverschwendung. Ich muß jetzt aufhören. Ich war in der Dunkelkammer und bin nur rangegangen, weil ich mir dachte, daß Sie es sein könnten. War nett, daß Sie angerufen haben.« Und damit legte er abrupt auf.

Ich saß da und starrte den Hörer an. Snelling hatte eine Menge Informationen umsonst bekommen.

Kurz darauf rief ich Susan Tellenbergs Nummer an. Diesmal ging sie an den Apparat, und als ich sie fragte, ob ich zu ihr kommen und über ihre Schwester sprechen könnte, klang ihre Stimme überrascht, doch sie war einverstanden. Sie beschrieb mir, wie ich zu ihrem Haus finden würde, und versicherte, daß sie sich auf meinen Besuch freue.

Das Haus der Tellenbergs lag im älteren Teil der Stadt, nicht weit von Dons Haus entfernt. Es war ein weißgestrichenes Holzhaus, von einem großen Grundstück umgeben, auf dem überwiegend Apfelbäume wuchsen. Ich ging zum Gartentor und wurde begrüßt von einem fünfjährigen Jungen.

»Mama hat gesagt, Sie sollen in den Obstgarten kommen«, erklärte er mir und ging dann voraus durch den Vorgarten. Ich folgte ihm und genoß den Duft der überreifen Äpfel. Er erinnerte mich an Cidre und an Footballspiele und lange Nachhausewege, Hand in Hand mit dem hübschesten Jungen der Mannschaft. Seltsam, wie eine neue Romanze die Erinnerungen an frühere weckte…

Eine Frau mit dunklem, lockigem Haar und einem rosigen Teint saß mit übereinandergeschlagenen Beinen unter einem Baum und sortierte Äpfel in einen Korb. Der kleine Junge umarmte sie und vergrub den Kopf in ihrem Schoß. Sie erwiderte die Umarmung, zupfte dann den Träger ihres Kleids wieder zurecht, der bei der Umarmung verrutscht war, und winkte mir. Ich ging zu ihr hin.

»Mein Name ist Susan Tellenberg«, sagte sie, »und das ist mein Sohn Robbie.«

Der kleine Junge machte sich frei, begrüßte mich nachträglich artig und begann dann herumzuhüpfen und zertrat auf der Erde liegende Äpfel. Seine Mutter warf ihm einen ermahnenden Blick zu, und er hörte sofort auf damit. »Ms. McCone und ich haben etwas zu besprechen, Robbie. Vielleicht gehst du ins Haus und liest in einem Buch.«

»Ich habe alle meine Bücher gelesen.«

»Dann lies eines zum zweitenmal. Die Geschichte über das Rhinozeros hat dir doch so gut gefallen.«

»Rhinozeros!« Er riß die Augen weit auf und lief zum Haus.

»Er ist sehr jung zum Lesen«, sagte ich.

»Man ist nie zu jung.« Sie lächelte. »Außerdem ist er auf diese Weise beschäftigt, und es ist billiger, als wenn ich einen Fernseher kaufen müßte. Hoffentlich haben Sie nichts dagegen, wenn wir hier draußen sprechen. Ich muß das Fallobst einsammeln, bevor es verfault.«

»Kein Problem.« Ich setzte mich auf den Boden, war froh, daß ich Jeans angezogen hatte. »Lassen Sie mich helfen.«

»Sie wollten etwas über Barbara erfahren«, begann sie dann.

Ich hob ein paar Äpfel auf und legte sie in den Korb. »Ja, ich habe im Zusammenhang mit einer anderen Ermittlung über den Fall gelesen und wollte einen genaueren Bericht von jemandem, der Ihre Schwester wirklich gekannt hat.«

»Hat dieser andere Fall mit Andy zu tun? Versuchen Sie, ihn zu finden?«

»Ihren Mann? Nein. Er steht im Zusammenhang mit einer Person, die im ›The Tidepools‹ gearbeitet hat.«

»Gut.« Sie nickte zufrieden und ging dann zu einem anderen Baum, um die Äpfel aufzusammeln.

Ich folgte ihr. »Warum gut?«

»Weil Andy meine Schwester nicht getötet hat, und weil ich nicht will, daß man ihn findet. Er hat ein neues Leben begonnen und hat auch das Recht dazu.«

»Das hört sich so an, als ob sie ihn mögen.«

»Ich mag Andy sehr. Er hat viel ertragen müssen von meiner Schwester, und zum Schluß hat man ihn auch noch verdächtigt, sie umgebracht zu haben... Es war einfach nicht fair. Wenn er nur geblieben wäre – es bestand nicht der geringste Anlaß für ihn, zu fliehen.«

»Ach?«

Sie mußte meine Bemerkung als skeptisch ausgelegt haben, weil ihre Augen auf einmal verärgert funkelten. »Barbaras Tod war ein Selbstmord. Andy ist davongelaufen, weil die Polizei alle möglichen, unbegründeten Spekulationen angestellt hat.«

»Er muß große Angst gehabt haben.«

Sie zuckte mit den Schultern. »Andy war immer ein Feigling. Aber ein netter Feigling und ein sanfter Mensch. Er konnte niemandem ein Leid zufügen, am wenigsten Barbara. Er hat sie auf seine Weise sehr geliebt.«

»Erzählen Sie mir von Barbara.«

Susan entspannte sich, sobald wir das Thema Andy beendet hatten. »Es klingt vielleicht, als ob ich meine Schwester nicht gemocht hätte. Das ist nicht wahr. Aber sie hatte so viele Probleme – zusätzlich zu ihrer Krebskrankheit, meine ich –, und das waren alles Schwierigkeiten, die sie sich selbst zuzuschreiben hatte.«

»Zum Beispiel?«

»Sie trank zuviel, sie nahm alle möglichen Drogen und Tabletten. Sie war seit Jahren immer wieder weg zu Entziehungskuren, blieb aber nie lange genug, um von ihrer Sucht loszukommen.«

»Hat man bei ihr eine spezielle geistige Störung festgestellt?«

»Sie war manisch-depressiv, und je älter sie wurde, desto heftiger wurden diese Stimmungsschwankungen. Als sie herausfand, daß sie Krebs hatte, verfiel sie endgültig in Depressionen. Wir – Andy und ich – nahmen an, daß ›The Tidepools‹ die einzige Möglichkeit war, um sie vor einem Selbstmord zu bewahren. Andere Mitglieder der Familie – wenn Sie die Zeitungsberichte gelesen haben: diejenigen, mit denen die Reporter danach gesprochen haben – waren anderer Meinung. Vielleicht dachten sie, die manische Phase sei nur vorübergehend. Und sie nahmen es Andy übel, daß er sie in das Hospiz eingeliefert hatte. Als die Polizei begann, ihn zu verdächtigen, schürten sie natürlich den Verdacht mit ihrem Gerede, Barbara hätte sich nie das Leben genommen.«

Susan Tellenberg hatte viel Zorn in sich aufgestaut, und ich nahm an, sie hing mehr an Andy, als das bei Schwägerinnen eigentlich üblich ist. Ich schaute auf ihre rechte Hand: kein Ehering. Sie konnte verwitwet oder geschieden sein – mit einer heimlichen Liebe zu dem sanften Mann ihrer Schwester.

Ich sagte: »Aber Andy hat ihre Schwester davon überzeugt, daß es besser ist, wenn sie ins ›The Tidepools‹ geht.«

Sie nickte. »Sie wollte nicht, aber er bestand darauf. Es war das einzige Mal in ihrem ganzen gemeinsamen Leben, daß er sich durchsetzte. Normalerweise tat er, was sie wollte. Ich habe ihn oft gefragt, und er meinte, das sei besser als in einem ständigen Konflikt zu leben. Jedenfalls, Barbara ging ins ›The Tidepools‹, aber sie haßte es vom ersten Tage an und sorgte dafür, daß es auch jeder wußte. Und dann ist sie gestorben. Sie muß die Medikamente aufbewahrt haben wie die anderen.«

»In der Zeitung hieß es, sie hat das Mittel nicht lange genug bekommen, um eine tödliche Dosis davon ansammeln zu können.«

Susan zuckte mit den Schultern und ging mit ihrem Korb zu einem anderen Baum. »Vielleicht hat Barbara die Drogen eingeschmuggelt. Wie gesagt, sie hat immer irgendwelche Tabletten geschluckt.«

»Hat die Autopsie ergeben, daß sie an dem Mittel gestorben ist, das an die Patienten im Hospiz ausgegeben wird?«

»Das konnte man offenbar nicht so genau feststellen. Die Patienten erhalten meines Wissens eine Mischung, und eine Autopsie kann nicht genau das Verhältnis nachweisen oder die Zusammensetzung der einzelnen Medikamente.«

Das mochte richtig sein, und es erweiterte den Kreis der Verdächtigen. Jeder, der Zugang zu verschreibungspflichtigen Medikamenten hatte, konnte Barbara getötet haben. »Aber warum ist Andy dann geflohen?«

»Ich sagte Ihnen doch, die Polizei hat ihn verdächtigt.«

»Sie muß doch irgendeinen Anhaltspunkt gehabt haben.«

Susan richtete sich auf. Das Sonnenlicht warf tanzende Lichter unter dem Laub des Baumes auf ihr besorgtes Gesicht. Sie saß eine Weile so da, dann sagte sie: »Es war diese etwas undurchsichtige Geldangelegenheit.«

»Barbara hatte geerbt, meinen Sie das?«

»Ja. Die Polizei hat herausgefunden, daß Andy ein paar Tage vor Barbaras Tod alles in bar vom Bankkonto abgehoben hat.«

»Warum hat er das getan, wissen Sie einen Grund dafür?«

Sie schüttelte den Kopf.

»Hat er nicht mit Ihnen darüber gesprochen?«

»Nein.« Wieder schaute sie wie abwesend in die Krone des Baumes. »Als ich es erfuhr, war Andy schon weg. Ich habe seitdem immer und immer wieder darüber nachgedacht, habe aber keine Antwort gefunden, es sei denn –«

»Ja?«

»Es sei denn, Barbara hätte ihn dazu gezwungen. Sie hat ihn immer zu allem möglichen gezwungen.«

»Aber warum? Wozu hätte sie vierzigtausend Dollar in bar gebraucht?«

Susan rieb sich die Hände und fuhr dann fort, das Fallobst einzusammeln. »Ich habe eine Theorie, nämlich daß sie plante, jemanden im Hospiz zu bestechen, damit er ihr bei der Flucht half.«

»Bei der Flucht? Sie wurde doch nicht gegen ihren Willen festgehalten, oder?«

»Nicht unbedingt. Aber denken Sie, Barbara war nicht ganz zurechnungsfähig gegen Ende. Sie litt unter Verfolgungswahn und... Ich weiß es nicht. Das ist eben meine Theorie; ich habe keine bessere Erklärung gefunden.«

Sie hatte offenbar eine ganze Reihe von Theorien entwickelt, und die meisten standen im Widerspruch zueinander, gingen jedoch alle davon aus, daß Andy ihre Schwester nicht getötet hatte.

Susan mußte meine Skepsis gespürt haben. »Schauen Sie«, sagte sie, »ich weiß nicht, was Barbara vorgehabt hat. Ich habe nie begriffen, was in ihrem Kopf vor sich ging. Sie hatte alles, war klug und hübsch und hatte einen Mann, der sie liebte. Sie brauchte nicht als Kellnerin zu arbeiten und einen Jungen allein großzuziehen wie ich. Ihr Mann hatte sie nicht verlassen, bevor das Kind geboren war, wie der meine. Und als unsere reiche Tante ihr Testament machte, hat sie Barbara als Erbin eingesetzt, nicht mich. Aber war Barbara dafür dankbar? Nein, nicht meine

Schwester. Sie hat ihr ganzes Leben lang nichts anderes getan, als es sich und den anderen so schwer wie möglich zu machen.«

Ich schwieg und hing meinen eigenen Gedanken nach. »Hat Ihre Schwester denn die Tatsache akzeptiert, daß sie sterben mußte?«

»Sie hat es geglaubt, wenn Sie das meinen.«

»Akzeptieren ist etwas ganz anderes. Ich meine, damit fertig zu werden, wie die Patienten von ›The Tidepools‹...«

»Ob sie ihr Leben in Würde zu Ende leben wollte? Das bezweifle ich.«

»Dann habe ich eine Theorie. Vielleicht hat sie Andy gezwungen, das Geld abzuheben, um es als Bestechungssumme zu verwenden –«

»Das sagte ich doch schon.«

»Aber nicht, um aus dem Hospiz herauszukommen. Bestechungsgeld für jemanden, der ihr die passenden Medikamente besorgte? Ich meine, vielleicht hat sie sich auf diese Weise ihren Tod erkauft.«

Susan schaute mich erschreckt an, doch dann nickte sie. »Das ist sehr leicht möglich. Es würde erklären, warum man das Geld nicht bei ihren Sachen im Hospiz gefunden hat.«

»Allerdings«, fuhr ich fort, »warum vierzigtausend Dollar ausgeben, wenn sie nur ihren eigenen Mann hätte um Hilfe zu bitten brauchen.«

»Ausgeschlossen. Andy hätte sich mit so etwas niemals einverstanden erklärt. Er hätte ihr nie geholfen, sich das Leben zu nehmen, und er hätte ihr bestimmt nicht das Bargeld besorgt, wenn er gewußt hätte, wofür es bestimmt war. Sicher hat sie irgendeine Geschichte erfunden, die sie ihm auftischte.«

»Andy arbeitete im Allgemeinen Krankenhaus von Port San Marco. Er hatte Zugang zu Medikamenten.«

Entschieden schüttelte sie den Kopf. »Nein, hatte er nicht. Er arbeitete in der Lehrabteilung des Krankenhauses. Sie wissen, es ist eine Universitätsklinik. Er hatte nichts mit Medikamenten zu tun.«

»Ich dachte, er war medizinisch-technischer Assistent?«

»Ja, aber er hatte nichts mit Medikamenten zu tun. Er war medizinischer Photograph. Er photographierte bei Autopsien und stellte Dia-Vorträge zusammen für die Ausbildung der Studenten.«

Ich starrte sie an.

»Und er war ein verdammt guter Photograph. Er hat hier in Port San Marco Porträts ausgestellt, die er aufgenommen hat.«

Ich saß eine Zeitlang schweigend da, dann überwältigte mich eine wachsende Erregung. Endlich paßte eines zum anderen.

»Was ist los?« fragte Susan.

»Haben Sie ein Photo von Andy?«

»Ja, im Wohnzimmer.«

»Kann ich es sehen?«

Sie zog die Stirn in Falten, stand aber auf und klopfte sich das Laub von den Jeans. »Meinetwegen.«

Wir gingen ins Haus, in ein altmodisch eingerichtetes Wohnzimmer. Meine Hände zitterten, als ich Susan Tellenberg das gerahmte Photo aus der Hand nahm. Das Gesicht darauf trug einen Bart, und das Haar war braun und nicht blond, aber es war trotzdem das, was ich erwartet hatte.

Es war das jüngere, weniger verhärmte Gesicht von Abe Snelling.

Kapitel 18

Sobald ich Susan Tellenberg verlassen hatte, versuchte ich, Snelling anzurufen, wollte auflegen, sobald sich der Photograph gemeldet hatte, aber das Telephon klingelte und klingelte, und schließlich entschied ich mich, die Fahrt zu riskieren. Wahrscheinlich war Snelling in der Dunkelkammer – warum hätte er fliehen sollen? Er konnte nicht ahnen, daß ich seine wahre Identität erkannt hatte. Ich hatte ihm nicht gesagt, daß ich Susan Tellenberg besuchen wollte.

San Jose lag hinter mir, und ich fuhr über die Schnellstraße nach Norden, wo Siedlungen mit weiten freien Hügeln abwechselten. Wie oft war ich in der letzten Woche hin und her gefahren? Ich war es satt, ständig zwischen Port San Marco und San Francisco zu pendeln.

Eines stand fest: Niemand würde mir dankbar sein, niemand würde mich für die Lösung dieses Falles belohnen. Warum machte ich dann eigentlich noch weiter? Warum jagte ich hinter einem gefährlichen Mann her, begab mich selbst in Gefahr? Warum rief ich nicht einfach die Polizei an und ließ sie die Sache zu Ende führen?

War es wegen der Photos? Oder weil Susan Tellenberg gesagt hatte, daß Andy Smith ein netter Feigling sei, ein sanfter Mensch? Oder war es, weil das eine oder andere eben doch nicht ganz paßte?

Die letzten dreißig Meilen vergingen wie im Flug. Route 280 mündete in die 101 an der Stadtgrenze von Daly City, und bald bog ich an der Army Street aus und fuhr die gewundenen Straßen zum Potrero Hill hinauf. Es war nach sechs; die Abbrucharbeiter hatten bereits Feierabend gemacht. Die leeren Häuser standen dunkel und schweigend da. Genau wie das oberste Stockwerk von Snellings Haus, aber das hatte nichts zu besagen; der Zaun verdeckte den ersten Stock. Er konnte oben sein oder im Parterre, wo sich die Schlafzimmer befanden.

Ich nahm meine Pistole aus dem Handschuhfach und steckte sie in das Außenfach meiner Schultertasche, wo ich sie im Notfall rasch erreichen konnte. Dann ging ich zu Snellings Tor und hielt mich im Schatten des Zauns.

Als erstes fiel mir auf, daß das Gartentor offenstand.

Ich blieb stehen, lauschte und gab ihm einen leichten Stoß mit den Fingerspitzen. Es öffnete sich weit. Hinter den unteren Fenstern brannte kein Licht. Ich ging auf das Haus zu.

Auch die Haustür stand offen; die Sicherheitskette hing am Türrahmen. Ich trat hinein, wartete, bis sich meine Augen an das schwache Licht gewöhnt hatten, dann ging ich den Korridor entlang. Das Wohnzimmer lag im Dunkeln, die Vorhänge waren geöffnet. Ich konnte die Photos an den Wänden erkennen, die Chrom-und-Leder-Möbel, die Treppe ins obere Stockwerk. Alles schien so, wie ich es kannte.

Und dann sah ich, daß der Schreibtisch neben dem offenen Kamin durchwühlt worden war. Die Schubladen waren herausgezogen, ihr Inhalt lag auf dem Schreibtisch, auf dem Stuhl davor und auf dem Boden verstreut. Eine Spur von Papieren führte von dort zur Treppe. Ich lauschte, hörte nichts und entschloß mich, eine Lampe einzuschalten.

Das Licht erfüllte den Raum, und jetzt bemerkte ich auch, daß Bücher von einigen Regalen neben der Treppe genommen worden waren. Sie lagen auf dem Boden, ein paar waren aufgeschlagen, als ob jemand sie unachtsam durchgeblättert hätte. Noch immer hörte ich keinen Laut, und obwohl ich nicht sicher sein konnte, fühlte ich, daß das Haus leer war. Langsam ging ich die Treppe hinauf zum Studio.

Dort war nichts zu sehen außer dem Hocker in der Mitte des Raums. Ich warf einen Blick auf die Oberlichter und sah ein paar Wolkenfetzen vor einem noch dämmrigen Himmel. Die Tür zur Dunkelkammer stand offen; ich nahm meine Pistole heraus und ging darauf zu.

In der Dunkelkammer war es stockfinster. Alles, was ich hörte, war das Plätschern des Spülgeräts. Ich tastete an der Tür und fand einen Schalter, schaltete ihn ein. Es war der Schalter für das Rotlicht, und das Zimmer war sofort in roten Schein getaucht. Jetzt sah ich das Vergrößerungsgerät, die Bassins aus rostfreiem Stahl, die Trockenpresse und den Lichttisch. Zwei Abzüge schwammen mit der Vorderseite nach unten im Spülbecken. Offenbar fehlte hier nichts.

Oder doch? Ich fand einen anderen Schalter, schaltete ihn ein und stand diesmal in weißem Licht.

In der Bühne des Vergrößerungsgeräts steckte ein Negativstreifen, mehr davon, in Plastik verpackt, lagen auf dem Lichttisch. In einer Ecke befand sich ein Karteischrank, dessen Schubladen offenstanden. In den Schubladen waren Umschläge mit Negativen und Abzügen; einige der Schubladen waren auf den Boden gekippt worden. Also durchwühlt, genau wie unten.

Aber wo hatte sich Snelling aufgehalten, als das geschehen war?

Ich steckte meine Pistole ein, ließ das Licht brennen und ging wieder nach unten, um mich im untersten Stockwerk umzusehen. Als ich durch das Wohnzimmer kam, traf mein Blick auf ein zerknülltes Photo, das mitten in einem unordentlichen Stapel von Kontoauszügen lag. Es war feucht, als habe es eben noch im Spülbecken gelegen.

Es war ein Photo von ›The Tidepools‹, und es mußte an einem stürmischen Tag aufgenommen worden sein, denn am Himmel waren dunkle Wolken, und die Bäume neigten sich vor einem starken Wind. Es war ein unheimliches Photo und künstlerisch beeindruckend – aber ich konnte mir nicht im entferntesten vorstellen, was es damit auf sich hatte. Nachdem ich es einen Augenblick lang betrachtet hatte, ging ich wieder hinauf in die Dunkelkammer.

Die anderen Photos, die noch im Becken schwammen, waren ähnlich, alle von ›The Tidepools‹ und an demselben stürmischen Tag aufgenommen. Sie sagten mir nichts, ebensowenig wie die Photos, die auf dem Boden lagen – Bilder von Snellings Kunden.

Schließlich ging ich zur Tür, schloß sie, schaltete das Licht aus und fand dann den Schalter am Vergrößerungsgerät.

Das Bild des Negativs, das auf der Bühne lag, war auf dem Brett unter der Linse zu erkennen. Es war unscharf, und ich stellte es scharf ein. Da es sich um ein Negativ handelte, gehörte einige Erfahrung dazu, zu erkennen, wer die Leute waren, die es darstellte.

Ein bärtiger, dunkelhaariger Abe Snelling – Andy Smith, wie er sich damals nannte – stand da und umarmte zwei Frauen. Die eine war Susan Tellenberg, die andere hatte ich nie zuvor gesehen, nahm aber an, daß es Barbara Smith war. Sie wies eine entfernte Ähnlichkeit mit Susan Tellenberg auf. Im Hintergrund erkannte ich einen Zypressenhain, wahrscheinlich auf dem Gelände von ›The Tidepools‹.

Aber was bedeutete das alles? Daß Snelling einen nostalgischen Blick in seine Vergangenheit getan hatte?

Ich nahm die Bühne aus dem Vergrößerungsgerät und schaute die anderen Negative des Streifens durch. Es waren Variationen derselben Pose. Ich langte unter den Rand des Lichttischs und tastete nach einem Schalter, um festzustellen, woran Snelling gearbeitet hatte.

Das weiße Plexiglas schimmerte weich. Eine photographische Lupe lag auf dem Tisch, und ich betrachtete die Negative genauer damit. In einem der Plastikbeutel waren weitere Negative von ›The Tidepools‹ und von Barbara und Susan. Snelling mußte seine Kamera mitgenommen haben, als er aus Port San Marco geflohen war. Jetzt schaute ich in das andere Plastiktütchen. Drinnen steckten Bilder aus San Francisco. Ich beugte mich mit Interesse darüber und stellte fest, daß eines davon das Negativ des Photos war, das Snelling berühmt gemacht hatte.

Da war im Negativ das entsetzte Gesicht der Frau des Cafébesitzers zu erkennen, und das tote Gesicht ihres Mannes: insgesamt zwölf Bilder, die rasch hintereinander aufgenommen worden sein mußten, und ich fragte mich, wie Snelling genau das Photo herausgefunden hatte, das danach um die Welt gegangen war.

Aber an diesem Tag hatte er noch mehr photographiert. Photos, die nach der Reihenfolge der Zahlen auf dem Negativ früher gemacht worden sein mußten. Sie zeigten das Blue Owl Café, die gestreiften Sonnenschirme, die Blumen in den Vasen auf den Tischen im Freien.

Und sie zeigten ein weiteres Gesicht, das ich kannte.

Ich starrte genauer hin, hielt mich an den Rändern des Lichttisches fest. Das Gesicht war der Grund, weshalb Snelling damals am Blue Owl angehalten hatte, weshalb er, völlig unbeabsichtigt, berühmt geworden war.

Ich hatte nicht die Zeit, mir Snellings Photokartei durchzusehen und war außerdem sicher, daß die Abzüge ohnehin nicht hier sein würden. Die Person, die das Haus durchsucht hatte, hatte sie zweifellos mitgenommen. Aber die Negative, die auf dem Lichttisch lagen, hatten ihr offenbar nichts bedeutet. Jemand, der mit dem photographischen Prozeß nicht vertraut war, konnte sie als Negative nicht erkennen und auch nicht wissen, daß sie hier lagen, weil Snelling sie durchgegangen war, sie durch die Lupe betrachtet und sich darauf vorbereitet hatte, davon Abzüge zu machen. Bevor...

Bevor was?

Ich wirbelte herum und rannte aus der Dunkelkammer hinunter in das unterste Geschoß des Hauses. Schaute in die erste Tür, die vom Korridor abzweigte und sah ein Schlafzimmer mit skandinavischen, hellen Möbeln. Zwei Koffer standen auf dem Boden neben der Kommode, ein dritter lag offen auf einem Stuhl. Er war halb gepackt. Ich ging hinein und schaltete das Licht an. Überall lag eine dicke Staubschicht von den Abbrucharbeiten draußen auf der Straße. Der Koffer war nicht heute gepackt worden, und höchstwahrscheinlich hatte Snelling eher Dinge aus dem Koffer geholt als hineingepackt.

Aber er war darauf vorbereitet gewesen, schnell zu verschwinden. Was hatte seinen Entschluß geändert?

Ich verließ den Raum und ging weiter durch den Korridor zu dem Schlafzimmer, das Jane Anthony gehört hatte. Es sah genauso aus wie bei meinem letzten Besuch, nur daß das Telephonbuch auf dem Bett lag und die handschriftlichen Notizen auf den ersten Seiten aufgeschlagen waren. Ich beugte mich darüber und las sie aufmerksamer als beim letztenmal.

Dann plötzlich ging mir ein Licht auf, und es wurde mir alles klar. Ich mußte nur noch telephonieren, um es mir zu bestätigen.

Aber ich war bereits sicher, daß ich es wußte.

Kapitel 19

Als ich nach Salmon Bay zurückkehrte, war ich körperlich völlig erschöpft. Die Müdigkeit, die ich auf der Fahrt nach Norden gespürt hatte, war nichts verglichen mit der Erschöpfung, die ich jetzt empfand; meine Arme und Schultern schmerzten, meine Beine waren ganz steif und verkrampft und meine Augen brannten vor Überanstrengung.

Aber mein Geist war wach und klar, angeregt und aufgewühlt durch die Antwort auf zwei Fragen, durch die Bestätigung meiner Befürchtungen – und durch die Angst.

Ein dunkelgrüner VW parkte kurz vor der Zufahrt zum ›The Tidepools‹. Ich fuhr daran vorbei und ließ meinen Wagen ein Stück weiter oben an der Straße stehen, ging dann zurück und sah mir den VW genauer an. Er stand in einem spitzen Winkel zur Straße, verstellte beinahe die Einfahrt zum Hospiz.

Im ›The Tidepools‹ schien es unnatürlich ruhig zu sein, es war kurz nach zehn. Der Hauptflügel, wo sich der Empfang und die Büros befanden, war dunkel bis auf die Notbeleuchtung. Helleres Licht drang aus dem hinteren Flügel, wo sich wahrscheinlich die Patienten aufhielten, doch auch dieses Licht wurde geschluckt durch den Nebel, der vom Meer heraufzog.

Die Fahrertür des VW war unverschlossen, das Fenster auf der Fahrerseite ein Stück heruntergekurbelt. Im Handschuhfach fand ich den Zulassungsschein, ausgestellt auf Abe Snelling, unter seiner Adresse am Potrero Hill.

Wie ich vermutet hatte, war Snelling hierhergekommen an den Ort, mit dem er sich, wie es die Photos vermuten ließen, die er an diesem

Nachmittag bearbeitet hatte, besonders beschäftigte. Und ich glaubte zu wissen, weshalb er gekommen war. Aber wo war er jetzt? Nach der Art, wie er den Wagen abgestellt hatte, kam es ihm nicht darauf an, seine Anwesenheit hier geheimzuhalten. Aber das wäre auch nicht nötig gewesen; die Menschen hier hatten vermutlich noch nie von Abe Snelling gehört, und wenn, dann würden sie ihn bestimmt nicht mit Andy Smith in Verbindung bringen. Außerdem war ich sicher, daß Snelling in Eile war und nicht die Absicht hatte, lange zu bleiben.

Aber wann war er eingetroffen? Er mußte sein Haus früh verlassen haben, anschließend war es zweimal durchsucht worden – einmal von einem Unbekannten und dann von mir. Und wir beide konnten uns denken, wohin er gefahren sein mochte.

Ich schaute mir die drei anderen Wagen in der Auffahrt an. Zwei waren Kombiwagen mit dem Namen des Hospizes an den Seiten, der dritte war ein ziemlich neu aussehender Jaguar. Alle drei hatten auch schon bei meinen vorausgegangenen Besuchen hier gestanden.

Ich versteckte mich hinter ein paar Büschen und beobachtete die niedrigen Gebäude. Es war kalt, und ein heftiger Wind kam vom Ozean herauf und ließ die Blätter über mir rascheln. Ich hörte, wie die Brandung gegen die Klippen schlug. Die Flut kam jetzt herein; bald würde sie den schmalen Strand bedeckt haben.

Ich verhielt mich still und starrte hinaus in die Dunkelheit. Snelling mußte hier irgendwo sein – aber wo? Vielleicht hätte ich zur Polizei gehen und ihn von Barrows Leuten suchen lassen sollen. Aber was hätte ich der Polizei sagen können? Nur, daß ich vermutete – nachdem ich Snellings Negative gesehen hatte –, alles würde hier enden, wo es begonnen hatte?

Nein, allein das zu erklären hätte zuviel Zeit beansprucht. Außerdem war das mein Fall; ich war gekommen, um ihn zu Ende zu bringen.

Ich schlich vorsichtig um die Gebäude, wobei ich mich immer im Schutz der Bäume hielt. Der Wind fegte jetzt stärker und kälter, als ich die Seite zum Meer erreichte. Durch das Rascheln der Blätter und das Knarren der Äste vernahm ich Fetzen von klassischer Musik. Ich schlich bis zu einem hellerleuchteten Fenster, hinter dem auf einem Podium ein Streichquartett – drei Männer und eine Frau – vor etwa zehn Zuhörern spielte. Ich überlegte, was es sein könnte. Mozart vielleicht... Don würde es wissen. Don...

Ich trat wieder in den Schatten der Bäume zurück und schlich weiter. Auf der Rückseite war eine Reihe von Veranden mit Glasschiebetüren. Hier befanden sich wahrscheinlich die Räume der Patienten. Hinter mehreren Fenstern brannte Licht, und in einem der Räume sah ich einen weißhaarigen Mann, der im Bett saß und ein Buch las. Ja, das war der Wohnbereich.

Und was lag links von den Hauptgebäuden? Ich drehte mich in die Richtung. Am Rand der Klippe war ein kleines, schindelgedecktes Nebengebäude. Ich lief darauf zu, über eine freie Rasenfläche und suchte Schutz hinter windzerzausten Zypressen. Ich wartete, bis sich meine Augen wieder an die Dunkelheit gewöhnt hatten und ich Einzelheiten ausmachen konnte. Snelling, dachte ich. Wo, zum Teufel, steckte Snelling?

Ich kletterte ein Stück den felsigen Abhang hinunter, auf den Rand der Klippe zu. Die Flut kam jetzt rasch herein, weiße, schäumende Wellenkämme rings um die beiden noch aus dem Wasser ragenden Felsen.

Das Nebengebäude war noch etwa fünfzig Meter von mir entfernt, jenseits einer freien Rasenfläche. Wenn ich sie überquerte, konnte es sein, daß man mich vom Haupthaus aus sehen konnte, als dunkle Silhouette gegen den helleren Horizont. Ich entschied mich dagegen und schaute angestrengt hinüber, versuchte herauszubekommen, was das für ein Gebäude sein mochte.

Ein Werkzeugschuppen?

Ich ging zurück und umrundete dann die andere Seite des Hauptgebäudes. Aus dem Patiententrakt fiel noch immer das Licht heraus auf den Rasen. Meine Armbanduhr zeigte auf zehn Uhr zwanzig. Ich war bereits eine Viertelstunde hier und hatte Snelling nirgends entdeckt.

Snellings Wagen parkte noch am Ende der Auffahrt, ebenso die beiden Kombi und der Jaguar. Ich trat hinter einer Wacholderhecke hervor, so daß ich in die Fenster des Büros hineinschauen konnte. Gerade in diesem Augenblick wurde die Tür des Haupteingangs zugeworfen, und hochhackige Schuhe klapperten die Treppe hinunter. Ich lugte über den Rand der Hecke und sah, wie Ann Bates in den Jaguar einstieg.

Die Personalchefin hatte offenbar wieder mal Überstunden gemacht. War das üblich, oder war es die Folge von Snellings Auftreten?

Ann Bates wendete und fuhr die Auffahrt hinunter, auf Snellings VW zu. Dort hielt sie an und warf einen Blick auf den VW, ohne auszusteigen. Dann zuckte sie mit den Schultern und fuhr weiter.

Doch wo zum Teufel steckte Abe Snelling, und was trieb er hier?

Ich war davon überzeugt, daß das Hospiz durch eine raffinierte Alarmanlage geschützt war. Snelling hätte wahrscheinlich das System nicht außer Betrieb setzen können. Das wäre wohl auch mir nicht gelungen, nicht einmal mit dem geeigneten Werkzeug, und ich kannte mich aus mit Alarmanlagen aus meiner Zeit als Kaufhausdetektivin.

Das Gebäude, das ich für einen Werkzeugschuppen hielt, hatte ich noch nicht überprüft. Und warum stand die Tür offen?

Ich lief zurück, vorbei am Wohntrakt. Jetzt lagen schon fast alle Zimmer im Dunkeln, daher konnte ich es wagen, über die Rasenfläche zu laufen, warf dabei immer wieder einen Blick zurück auf das Hauptgebäude. Aber nichts rührte sich.

Dann hörte ich ein Stöhnen. Es kam aus dem Inneren des Werkzeugschuppens. Ich wartete, aber es wiederholte sich nicht. Die Pistole in meiner Hand, bewegte ich mich auf die offene Tür zu. Rechts neben der Tür stand ein Rasenmäher, und an der Rückwand konnte ich Rechen, Hacken und anderes Gartengerät erkennen.

Auf dem Boden lag Abe Snelling.

Er lag auf dem Rücken. Sein helles Hemd war mit dunklen Blutflekken getränkt. Aber er atmete noch, flach und stoßweise.

Ich trat durch die Tür und rief verhalten seinen Namen. Er gab keine Antwort. Ich wiederholte seinen Namen, lauter diesmal.

»Abe«, flüsterte ich, »verdammt, Abe, was ist denn passiert?«

Ich steckte die Pistole wieder in meine Handtasche und kniete mich neben ihn, versuchte, seinen Puls zu ertasten. In diesem Augenblick hörte ich hinter mir ein Geräusch. Bevor ich aufspringen konnte, traf mich etwas am Kopf, und ich ließ die Pistole los. Jemand packte mich bei den Schultern, und ich fühlte kalten Stahl an meinem Hals.

»Nicht schreien«, zischte die Stimme von Liz Schaff. »Nicht schreien – sonst schneide ich Ihnen die Kehle durch.«

Kapitel 20

Ich erstarrte. Einen Augenblick lang fühlte ich nur diesen eisigen Stahl an meiner Kehle. Dann hörte ich wieder Snellings flaches Atmen. Fühlte die sehnige Kraft der Arme, die mich festhielten. Ich roch die Feuchtigkeit in dem Schuppen und einen Hauch des Parfüms von Liz.

Ich wollte sprechen, aber mein Mund war trocken vor Angst. Snelling stöhnte lauter, und ich versuchte, in seine Richtung zu schauen, merkte dann aber, daß ich dadurch den Druck der Klinge nur verstärkte. Ich schluckte zweimal und sagte dann: »Diesmal klappt es nicht, Liz. Sie haben einen Zeugen.«

Sie lachte, und es war ein häßliches Lachen, wie das Kreischen einer Krähe.

»Er lebt noch.«

»Bewußtlos. Im Sterben. Ich hätte ihn erledigt, wenn Sie nicht aufgetaucht wären.«

Sie begann mich rückwärts zu zerren in Richtung auf die Wand, wo die Gartengeräte standen. Sie hielt mich fest, dennoch – eine schnelle Bewegung... Ich spürte, daß ihr Herz wie rasend schlug.

Und dann begann ich wieder zu sprechen, merkte, daß meine Stimme ungewöhnlich hoch klang und ein wenig zitterte. »Liz, Sie haben Jane und John Cala umgebracht. Und beinahe auch Snelling. Jetzt wollen Sie mich umbringen. Aber Sie können so nicht weitermachen. Sie können nicht einen nach dem anderen töten. Es wird immer wieder Leute geben, die einen ganz bestimmten Verdacht hegen, die wissen –«

»Maul halten.« Sie verlagerte ihr Gewicht von dem einen Fuß auf den anderen und zwang mich dazu, mich gegen sie zu drücken. Der Druck der Klinge verstärkte sich.

Dennoch tat sie noch nichts. Wir standen nur vor einander im Dunkeln und lauschten auf Snellings Atem, der jetzt pfeifend klang.

Wartete sie darauf, daß er starb? Ich konnte nicht glauben, daß Liz Schaff Skrupel empfand, wenn sie einen Sterbenden erstechen mußte. Worauf wartete sie?

»Liz«, sagte ich, »ich weiß von den Frauen, die Sie im Hospiz getötet haben. Abe hat es geahnt, und Jane ebenfalls. Es ist nur eine Frage der Zeit, bis die Polizei dahinterkommt. Und Sie können nicht auch noch eine ganze Polizeistation umbringen.«

»Das mit den Frauen im Hospiz war anders.«

»Wieso?«

»Ich habe sie nicht umgebracht. Ich habe ihnen nur Drogen besorgt. Sie wollten sterben.«

»Sie meinen, es war eine Art Gnadentod.« Vorsichtig tastete ich mich rückwärts.

»Es war ein Gnadentod.«

»Haben Sie Geld dafür bekommen?«

»Natürlich. Es war ja auch ein Risiko damit verbunden. Ich mußte die Medikamente aus der Apotheke in der Stadt besorgen, wo ich nachts arbeitete.«

»Wieviel hat man Ihnen bezahlt?« Ich verlagerte mein Gewicht auf das linke Bein und spannte die Muskeln an.

»Genug.«

»Bei mir hört sich das wie Tötung auf Verlangen an«, sagte ich und schnellte mit der Hand vor und schlug ihr das Messer aus der Hand, stieß zugleich mit dem rechten Fuß nach hinten, hakte mich bei ihrem Bein ein und stieß dann, so fest ich konnte, nach vorn.

Liz taumelte zur Seite und stürzte gegen die Gartengeräte. Meine Tasche mit der Pistole lag irgendwo im Dunkeln. Ich nahm eine Schaufel von einem Haken, dabei stolperte ich beinahe über Snelling.

Liz richtete sich auf. Sie hatte wieder das Messer in der Hand. Die Klinge funkelte im Mondlicht, das durch die Fenster hereindrang.

»Werfen Sie das Messer weg, Liz.«

Sie stand da und keuchte.

»Werfen Sie es weg!«

Sie machte geduckt einen Ausfallschritt in meine Richtung, doch dann tat sie unerwartet einen Satz zur Seite und rannte durch die Tür des Schuppens hinaus ins Freie. Ich ließ die Schaufel fallen und verfolgte sie, bekam sie zu fassen und warf mich auf sie.

Sie ging zu Boden, und ich sah, wie das Messer ihrer Hand entglitt. Sie sprang auf und rannte in Richtung auf das Zypressengehölz. Ich wollte ihr nach, rutschte aber im feuchten Gras aus und stürzte.

Snelling! dachte ich. Er liegt dort im Schuppen und stirbt!

»Hilfe!« rief ich. »Hilfe!«

Im Hauptgebäude gingen Lichter an.

»Hilfe!« Dann rannte ich auf das Zypressengehölz zu.

Eine Verandatür wurde aufgeschoben, und auf der Veranda erschienen zwei Schwestern und ein Mann in einem Bademantel. Die Schwestern zögerten, dann liefen sie über den Rasen.

»Im Werkzeugschuppen liegt ein Schwerverletzter. Er stirbt. Rufen Sie einen Arzt!«

Vor mir hörte ich ein Rascheln, als Liz durch das dichte Gebüsch kroch und mehrmals auf dem felsigen Boden ausrutschte. Wenn es mir gelang, sie einzuholen –

Plötzlich stieß ich gegen einen großen Felsblock und fiel nach vorn. Ich landete flach auf dem Bauch, kämpfte mich hoch und fiel wieder zurück. Das Rascheln in den Büschen vor mir war nicht mehr zu hören.

Ich stand auf und bewegte mich auf einen erhöhten Punkt zu, von wo aus ich das Gelände übersehen konnte. Und dann entdeckte ich sie.

Liz hatte die Plattform erreicht, von der aus die Treppe zum Strand hinunterführte. Sie zeichnete sich als deutliche Silhouette vor dem Horizont ab.

Ich rannte auf sie zu.

Liz wirbelte herum, dann machte sie einen Satz auf die Treppe zu.

»Stehenbleiben!« brüllte ich. »Dort unten geht's nicht weiter. Es ist Flut!«

Sie schaute zu mir herauf, dann sprang sie von der Treppe. Ich sah, daß ihr das Wasser nur bis an die Knie reichte.

Ich hastete die Treppe hinunter.

Liz warf sich in die Brandung und schwamm auf den einen der großen Felsblöcke zu. Als ich die Stelle erreicht hatte, wo sie von der Treppe gesprungen war, klammerte sie sich bereits dreißig Meter entfernt davon an den Felsblock.

Ich sprang ins kalte Wasser. Die Kälte nahm mir den Atem, dann watete ich hinaus und schwamm, bis ich den Felsblock erreicht hatte.

Liz hockte auf dem Felsen und stieß mit den Füßen nach meinen Händen, als ich mich am Felsen festklammern wollte.

»Geben Sie es auf, Liz. Von hier aus führt kein Weg weiter.«

Wieder stieß sie nach meiner Hand.

Als ich nach oben blickte, hatte sich Liz auf die entgegengesetzte Seite des Felsblocks zurückgezogen. Vorsichtig begann ich nach oben zu klettern.

Ich zog mich ganz auf den Felsblock, duckte mich und versuchte erst einmal Luft zu bekommen. Liz war nur ein paar Meter entfernt. Sie stand da, die Hände zu Fäusten geballt und in Angriffsstellung. Auch unbewaffnet war sie noch gefährlich.

Ich erhob mich. »Liz, es ist aus. Kommen Sie mit mir zurück an Land.«

Sie lachte nur.

Ich ging, eine Hand ausgestreckt, auf sie zu.

Sie wich zurück, näherte sich dem Rand des Felsblocks, schaute hinunter auf das tobende Wasser.

»Verschwinden Sie!«

»Nein.«

»Ich meine es ernst.«

Sie machte einen Satz und packte mich an der Schulter, ihre Hand war an meiner Kehle. Sie schüttelte mich und keuchte: »Hören Sie endlich auf, mich zu verfolgen. Alle haben mich verfolgt. Alle haben etwas von mir gewollt. Alle. Mehr und mehr...« Ich konnte fast nichts mehr sehen, und die Luft blieb mir weg. Ich klammerte mich wild an ihre Finger, die sie um meinen Hals geschlossen hatte.

»Mehr und mehr und immer mehr. Und immer waren sie hinter mir her, immer...«

Meine Knie knickten ein. Der graue Nebel wich roten und goldenen Blitzen...

Kaltes Wasser traf mein Gesicht. Ich stöhnte. Salzwasser lief mir in die Augen. Ich hustete und kämpfte mich hoch.

Ich lag auf dem Felsblock. Ich schaute mich um, sah aber nichts. Die Brandung war höher als zuvor und tobte rings um den Felsen. Liz war nicht mehr auf dem Felsblock. Wohin war sie verschwunden? Ich konnte nicht lange bewußtlos gewesen sein. Wo war sie?

Ich stand auf, zitterte vor Kälte und spähte in die Dunkelheit. Die Treppe vom Strand war jetzt halb unter Wasser. Noch konnte ich es schaffen, aber es war gefährlich. Und ich war so müde.

Aber Liz. Wo...?

Und dann sah ich sie, auf dem anderen Felsblock, der noch über das Wasser herausragte, ein ganzes Stück entfernt. Sie schaute hinüber zum Strand, als schätzte sie ihre Chancen ab.

Ich rief ihren Namen, war aber nicht sicher, ob sie mich beim Tosen der Brandung hören konnte.

Dann drehte sie sich herum, sah mich und wich zurück, die Hände hinter dem Kopf verschränkt.

»Springen Sie von dem Felsblock!« schrie ich.

Sie schüttelte den Kopf und trat zurück.

Ich ging bis an den Rand des Felsblocks und sah eine riesige Welle auf den Strand zurollen.

»Vorsicht! Hinter Ihnen!«

Die Welle schlug gegen den Felsen. Ich sah Liz taumeln, sah das kochende Wasser, die haushohe Welle, die dem Strand zustrebte. Liz entdeckte ich nicht mehr.

Eine zweite Welle, noch höher vielleicht, folgte der ersten. Diese Welle erreichte auch die Spitze meines Felsblocks. Ich sprang in das wirbelnde Wasser und kämpfte mich auf die Treppe zu.

Kapitel 21

Als ich Abe Snellings Krankenzimmer betrat, saß er bereits im Bett und las den *New Yorker* von dieser Woche. Er war blaß, seine Augen hatten tiefblaue Ränder, aber ansonsten hätte man kaum geglaubt, daß er noch vor zwei Tagen um sein Leben gekämpft hatte. Als er mich sah, lächelte er und legte die Zeitschrift beiseite.

»Wie geht es Ihnen?« fragte ich.

»Nicht schlecht. Und selbst?«

»Prächtig.« Es war die Wahrheit. Seit der Nacht, als Liz Schaff vom Felsen gespült worden und ertrunken war, hatte ich bei Don gewohnt. »Ich fahre heute nach San Francisco zu einem Prozeß, bei dem ich aussagen muß, aber zum Wochenende bin ich wieder zurück. Ich wollte Sie fragen, ob ich Ihnen etwas aus Ihrem Haus mitbringen soll.«

»Danke, aber meine Schwägerin ist bereits hingefahren und hat mir alles geholt, was ich brauchte.« Er machte eine Geste auf einen selbstgepflückten Blumenstrauß, der neben seinem Bett stand. Ein zweites, aufwendiges Bukett stand auf dem Sekretär – ein Arrangement aus Rosen und Nelken. Ich schaute es fragend an.

»Von ›The Tidepools‹«, sagte Snelling. »Keller und Ann Bates befürchten wahrscheinlich, daß ich Schmerzensgeldforderungen erhebe, weil es auf ihrem Grund passiert ist.«

Ich lächelte und setzte mich auf den Stuhl neben dem Bett. »Hat Ihnen die Polizei gesagt, daß man Liz' Leiche gefunden hat, ein Stück von hier entfernt an den Strand gespült?«

»Ja. Lieutenant Barrow und ich haben heute morgen ein längeres Gespräch geführt. Er ist sicher, daß er jetzt bei allen diesen Mordfällen die Akten schließen kann.«

Ich saß einen Augenblick schweigend da und ließ die Opfer der Morde in Gedanken an mir vorüberziehen. Abe tat wahrscheinlich das gleiche. Dann sagte ich: »Eines wollte ich Sie fragen: Hat Jane Anthony Sie an Ihrem Stil als Photograph erkannt?«

Er schaute mich überrascht an. »Ja. Wie sind Sie darauf gekommen?«

»Ich bin zwar Amateur, aber ich habe ein Auge für stilistische Dinge. Ihr Stil ist unverkennbar; jeder, der Andy Smiths Photos gesehen hat, mußte sich wundern, warum Abe Snellings Bilder so erstaunlich ähnlich waren.«

»Genauso ist mir Jane draufgekommen. Sie kannte meine Arbeiten von ein paar kleinen Ausstellungen in Port San Marco her. Eines Tages stand sie einfach in San Francisco auf meiner Schwelle. Sie hat mich erkannt, trotz meines veränderten Aussehens, und verlangte, daß ich sie aufnehmen sollte bei mir, und eine monatliche – Apanage, so hat sie es genannt.«

»Ein anderes Wort für Erpressung.«

Snelling nickte. »Wissen Sie, als ich damals nach San Francisco ging, da wäre ich nie auf den Gedanken gekommen, daß mich jemand an meinen Photos erkennen würde. Ich fürchtete vielmehr, man würde mich trotz meines veränderten Aussehens erkennen. Deshalb hab' ich anfangs ständig eine Kamera bei mir gehabt – weil man sie als Deckung benützen kann.«

»Wie meinen Sie das?«

»Wenn man eine Kamera in Händen hält, achten die Leute nicht auf den Photographen. Das ist Ihnen doch bestimmt schon aufgefallen. Der Photograph ist nur die anonyme Gestalt hinter dem schwarzen Kästchen.«

»Jetzt, da Sie es erwähnen – ja, das ist mir schon aufgefallen.«

»Wenn etwas Ironie des Schicksals ist: Jane hat mich an meinen Photos erkannt.«

»Wie konnten Sie mit ihr in einem Haus leben, wenn Jane Sie erpreßte?«

Snelling rückte ein Kissen zurecht. »Zuerst war es schrecklich. Ich habe sogar überlegt, ob ich irgendwas inszeniere, daß sie einen Unfall hat, in der Dusche ausrutscht oder so. Aber das hätte ich nicht fertiggebracht. Das war mir schon viel früher klar, als meine eigene Frau mich bat, sie von den Schmerzen zu erlösen, und ich war nicht dazu imstande. Ich glaube aber, Jane hat meine Absicht geahnt und zur Sicherheit einen Brief geschrieben, in dem sie mitteilte, wer ich war, daß sie mich erpreßte und daß ich verantwortlich wäre, wenn ihr etwas Ungewöhnliches zustoßen würde. Sie hat den Brief ihrer Mutter gegeben, damit er im Fall ihres Todes geöffnet werde. Aber bis jetzt ist er nicht aufgetaucht.«

»Ich zweifle, daß er jemals auftauchen wird. Mrs. Anthony hat ihn vielleicht geöffnet, und als sie merkte, was ihre Tochter spielte, brachte sie es nicht fertig, den Brief irgend jemandem zu zeigen.«

»Wahrscheinlich haben Sie recht. Jedenfalls, so seltsam das klingt, aber irgendwie haben wir uns angefreundet, Jane und ich. Es war die Beziehung eines Gefängniswärters zu seinem Gefangenen. Wir unterhielten uns über Photographie, und ich habe ihr meine Dunkelkammer überlassen.«

»Und während der ganzen Zeit bezahlten Sie für ihr Schweigen?«

»Ja. Ich glaube, sie hat das Geld gespart, hatte wohl die Absicht, Keller aus seinen finanziellen Schwierigkeiten zu retten.«

»Sie wußten Bescheid über Keller?«

»Nur, daß sie irgendwo einen Freund hatte. Ich wußte nicht, daß es Keller war, bis Sie es mir vor ein paar Tagen am Telephon gesagt haben.« Er ließ eine Pause entstehen, und über seine Augen fiel ein Schatten. »Wissen Sie, wenn Jane und ich nicht dieses Freund-Feind-Verhältnis gehabt hätten, wären sie und die anderen noch am Leben.«

»Warum sagen Sie das?«

»Ein paar Tage, bevor sie verschwand, half sie mir beim Sortieren meiner Negativkartei. Dabei müssen ihr die Negative von Liz Schaff in die Hände gefallen sein, die ich am Blue Owl Café geschossen hatte, und sie hat wohl angefangen, sich Fragen zu stellen.«

»Warum haben Sie eigentlich damals diese Photos aufgenommen?«

»Ich erkannte Liz als jemanden, den ich von ›The Tidepools‹ kannte, und hatte das Gefühl, ich sollte ihre Anwesenheit in San Francisco dokumentieren. Doch dann passierten dieser Raubüberfall und die Schießerei. Und bei all dem, was sich seither in meinem Leben ereignet hat, habe ich die Negative völlig vergessen.«

»Und Jane fiel dabei das gleiche auf, was mir und Ihnen aufgefallen war: daß Liz darauf nicht Schwesterntracht trug, sondern den weißen Hosenanzug der Pharmazeutin.« Es war mir damals, als sie mit mir beim Essen gewesen war, gar nicht aufgefallen, aber es war ein kühler Tag gewesen, und sie hatte ihren Mantel anbehalten. »Jane muß eingefallen sein, daß Liz auch ein Diplom als Pharmazeutin hatte und nachts in der Apotheke arbeitete, während sie tagsüber im ›The Tidepools‹ beschäftigt war.«

»Ja, vermutlich. Jedenfalls ist sie ein paar Tage danach einfach abgehauen. Und sie hatte sich die Arbeitszeit von Liz bei der Apotheke des Allgemeinen Krankenhauses in San Francisco in ihr Telephonbuch notiert, als ob sie sich erkundigt hätte.«

»Glauben Sie, sie hat bis dahin gewußt, daß Liz in San Francisco war?«

Snelling zuckte mit den Schultern. »Vielleicht haben sie hier und da miteinander gegessen – aber Jane wußte erst nach den Negativen, daß Liz in der Apotheke arbeitete.«

»Und Sie haben mich engagiert, weil Sie sich Sorgen machten um den Brief, den Jane bei ihrer Mutter deponiert hatte, nicht wahr?« fragte ich.

»Ja, ich schwebte in ständigen Ängsten, es könnte ihr etwas zustoßen – ein Verkehrsunfall, irgend etwas –, und dann, als sie einfach verschwand... Nun, ich mußte einfach wissen, was passiert war.«

»Aber als sie dann wirklich tot war, da haben Sie nicht das Weite gesucht.«

»Ich wollte. Hatte schon meine Koffer gepackt, doch dann habe ich es einfach nicht geschafft. Ich war ein Einsiedler geworden, und die Vorstellung, nun alles noch einmal von vorn beginnen zu müssen, war mir verhaßt. Ich entschloß mich zu bleiben und rechnete damit, festgenommen zu werden, sobald dieser Brief aufgetaucht war. Aber dann, als ich allmählich dahinterkam, faßte ich wieder Hoffnung.«

Allmählich dahinterkam, dachte ich. Genau wie Jane allmählich dahintergekommen war. »Sobald Jane aus den Personalakten wußte, daß Liz im Team für alle drei Frauen gearbeitet hatte, die an Überdosis gestorben waren«, sagte ich, »muß ihr klargeworden sein, woher sie ihre Drogen bekommen hatten. Und da Liz noch arbeitete und diesen alten VW fuhr, war Jane auch klar, daß Liz das Geld aus den drei Fällen irgendwo in Sicherheit gebracht hatte. Also entschloß sie sich, ihre Erpressung im größeren Stil durchzuführen.«

»Ich frage mich, warum die Polizei nicht auf Liz gestoßen ist bei ihrer Untersuchung der Überdosen«, sagte Snelling.

»Wahrscheinlich hat niemand gewußt, daß Liz auch noch diesen Nebenjob ausübte. ›The Tidepools‹ ist wie viele Institute aus dem Bereich der Gesundheitspflege nicht daran interessiert, daß ihre Angestellten auch noch Nebenjobs ausfüllen. Meines Wissens ist es sogar verboten.«

Snelling nickte und sah jetzt müde aus. »Glauben Sie, Jane hat die Begegnung mit Liz auf dem alten Pier arrangiert?«

»Ja. Und als Liz floh, nachdem sie Jane getötet hatte, muß John Cala sie gesehen und erkannt haben. Aber sie hatte ihn ebenfalls gesehen.«

»Also hat sie eine zweite solche Begegnung herbeigeführt und ihn auch umgebracht.« Snelling legte sich zurück in die Kissen. »Im ›The Tidepools‹, in dieser Scheune, hat sie immer von Leuten geredet, die sie nicht in Ruhe lassen. Da war sie: die Mörderin von zwei Menschen, und tat so, als ob sie das Opfer wäre.«

»Sie war das Opfer ihrer selbst.« Ich schwieg eine Weile. Snelling war müde, und ich hätte ihn ruhen lassen sollen, aber da war noch etwas, was ich wissen wollte. »Abe, was ist denn nun wirklich im ›The Tidepools‹ passiert? Wann sind Sie hingekommen?«

»Kurz vor zehn. Nachdem ich San Francisco verlassen hatte, bin ich hierhergefahren zu Susan. Ich wollte sie fragen, ob sie sich an Liz Schaff erinnerte und ob sie damals zu Barbaras medizinischem Team gehörte. Ich glaubte es, erinnerte mich aber nicht mehr genau. Susan war erschrocken, mich zu sehen, aber es fiel ihr ein. Sie wollte, daß ich unverzüglich die Polizei anrufe, aber ich wollte erst noch gegenprüfen mit den Berichten über diese anderen Frauen, die an der Überdosis gestorben waren. Ich fuhr zum Hospiz, aber dort war niemand mehr im Büro, und außerdem war die Alarmanlage eingeschaltet. Dumm von mir, damit hätte ich rechnen müssen.«

»Und dann?«

»Ich war auf dem Weg zu meinem Wagen, als Liz auftauchte, die von der Straße kam.«

Es paßte zusammen, dachte ich. Liz hatte San Francisco beträchtliche Zeit nach Snelling verlassen, da sie ja zuvor noch sein Haus durchwühlt hatte. »Weiter.«

»Erst wollte ich mich hinter meinen Wagen ducken, aber sie hat mich entdeckt – sie tat ganz freundlich, sagte, sie wisse, weshalb ich hier sei, und daß sie alle diese Morde nicht begangen habe, den Täter aber kenne. Sie behauptete, Beweise dafür zu besitzen, und bat mich, mitzukommen, was ich tat. Erst recht dumm von mir.«

»Und sie hat Sie mitgenommen in diesen Werkzeugschuppen?«

»Ja. Wir waren schon fast da, als mir klar wurde, daß ich ihr in die Falle gegangen war. Und dann war es zu spät. Sie hielt mir das Messer an die Rippen. Sie zwang mich dort hinein und begann mich zu beschimpfen. Es war alles völlig sinnlos, und auf einmal stach sie mit ihrem Messer zu. Das nächste, was ich weiß, ist, wie ich hier drinnen aus der Narkose erwacht bin.«

»Sie haben Glück gehabt, daß Liz Sie in einen dunklen Geräteschuppen geschleppt hat«, sagte ich. »Sie war sich zunächst nicht im klaren, ob sie Sie getötet hatte. Und als sie merkte, daß Sie noch lebten, brachte sie es nicht über sich, ihr Leben auszulöschen, und versteckte sich im Dunkeln. Die Dunkelheit hat Ihnen wahrscheinlich das Leben gerettet.«

»Nein«, sagte er. »Sie haben mir das Leben gerettet.«

Ich fühlte eine Welle der Zufriedenheit, aber auch von Verlegenheit. »Ich wollte nur, es wäre alles absichtlich und planmäßig verlaufen. Aber ich bin froh, daß Sie sich auf dem Weg der Besserung befinden. Und ich mache jetzt, daß ich weiterkomme, bevor Sie einen Schwächeanfall erleiden.«

Er lächelte schwach, und wir verabredeten uns für die Zeit, wenn er wieder in San Francisco war. Dann ging ich hinaus und über den Krankenhauskorridor. Auf halbem Weg zu den Aufzügen begegnete mir Susan Tellenberg. Sie trug ein Leinenkostüm und hochhackige Schuhe, und ihre Wangen glühten wie die Äpfel, die sie in einem Korb bei sich hatte. Sie sah mich nicht, und ich machte mir nicht die Mühe, sie anzusprechen.

Unten in der Empfangshalle fand ich ein öffentliches Telephon und rief Don über die Hot Line an. Wir verabredeten uns für Freitagabend im Sand Dollar; er hatte sich das ganze Wochenende freigenommen. Dann ging ich hinaus zu meinem Wagen und verließ den Parkplatz in Richtung auf die Schnellstraße.

Ich schaltete den Sender KSPM ein und lächelte, als ich hörte, wie Don begeistert die Vorzüge des Black-Angus-Steakhauses rühmte. Schließlich kündigte er zwei Hits an, ohne weitere Unterbrechung.

Den ersten widmete er mir. Er hieß *Somewhere Between Lovers and Friends.*